JN250974

側妃志願！２

ウィルフリート
王宮の庭に現れる謎めいた青年。
アイーダの想い人でもある。
王宮の財宝を狙う盗賊団の
一員なのか、それとも——？
常務さん
王宮に住みつく謎の白猫。
でっぷりと太っており、顔つきと
態度もふてぶてしい。
アイーダ（合田清香）
異世界にトリップした元フリーター。
きれい好きで掃除が趣味。
専用のお風呂目当てで
国王の側妃になった。
黒髪なので“黒妃”と呼ばれている。
登場人物
紹介

エレイン
国王を愛する心優しき王妃。
なかなかお世継ぎができない
ことに悩み、アイーダに
側妃になってほしいと頼む。
陛下
ロズシェイン王国の国王。
常に鉄仮面を被っている。実は
二重人格で、アイーダは明るい方の
人格を"陽の陛下"、冷たい方の人格を
"陰の陛下"と呼んでいる。
フィンディ
国王の側妃で、通称"赤妃"。
いかにもお嬢様らしい高飛車な
態度を取るものの、本当は
心優しい少女。
ラーセル
盗賊団"闇の蝙蝠(こうもり)"の一員。
捕縛された仲間の解放を
望んでいる。
サラージア
国王の側妃で、通称"白妃"。
老婆のような口調で話す。
不思議な力を持っており、
占いや呪(まじな)いが趣味。

目次

第一章　側妃披露の儀は、黒妃疲労の儀でした

な、何で、こんなことに……？

私――アイーダこと合田清香は、これ以上は無理というほどに身を縮こまらせた。

気分は最悪だ。ここじゃないところならどこでもいいから、とにかくどこかへ逃げ出してしまいたい。だけどそうする訳にもいかず、群衆に向けてロボットみたいに手を振り続けていた。

今、私は他の側妃さんたちと一緒の馬車に揺られている。自分が乗って来た馬車もあるのに、なぜ三人揃って同じ馬車に乗らなければならないのだろう？　謎だ。

先程婚礼の儀が無事に終わり、私たちは馬車に乗って王宮まで移動することになった。国王陛下と王妃様は前の馬車に乗り、私たちと同様に国民の歓声を受けている。

私は恐々として他の二人に目を向けた。彼女たちは群衆に笑顔で手を振っているが、お互い決して目を合わせようとしない。二人の間には、どこか緊張感さえ漂っている気がする。

私の向かいに座っているのは、通称・白妃様。

白い髪をしていると聞いて、私は失礼にも獅子舞みたいな人をイメージしていた。だけど、当然そんなことはなく、絹糸みたいに艶やかな長い髪を持つ、とても美しい女性だった。

透けそうなほど白い肌、切れ長な菫（すみれ）色の目と小さな唇。まるで人形のように顔かたちが整っていて、謎めいた雰囲気を持つ人だ。その身体はモデルさんみたいにほっそりしている。ドレスは黒く、ちらりと覗くペチコートは菫色だ。形は私のドレスと似ているものの、私のとは違って黒いレースがふんだんに使われている。ここが日本ならゴスロリとでも呼ばれそうだが、黒い蝶々みたいでとてもよく似合っていた。

一方、私の横に座っている赤妃（せきひ）様は、燃えるように赤い髪をしている。その髪にはきつめのウエーブがかかっていて、量も豊かだ。目鼻立ちがはっきりした派手顔の美人で、瞳の色は茶色がかった緑色（オリーブ）。鼻筋が通り口角がキュッと上がっている。偽乳（にせチチ）の私とは違い、その胸元にはくっきりした谷間があった。白いドレスの隙間（すきま）から瞳によく似た色のペチコートを覗かせている。少々気の強そうな、生命力に溢れたお嬢様といった雰囲気だ。

そして私はといえば、髪が黒いために黒妃（こくひ）と呼ばれている……らしい。

二人に比べると、自分の容姿は何てみすぼらしいのかと落ち込んでくる。鼻は低いし、目もつけまつげで二重（ふたえ）を作っているし、胸は偽乳。自慢出来るところが一つもない。

一緒に並んだら、さぞ貧相に見えるだろうな……と徐々に落ちていく気持ちを無理やり上昇させて、私は自分たち三人の衣装に意識を向けた。

こうして見てみると、私たちの着ているドレスには、お互いの髪の色が取り入れられているみたいだ。そしてドレスの隙間から覗くペチコートは、各自の瞳の色に合わせてある。デザインや素材は異なるものの、これもある意味お揃いと呼べるかもしれない。

それにしても、侍女のエルさんたちから似合う似合うと褒(ほ)められてちょっといい気分になっていたが、完全に衣装負けしている。再び落ち込みそうになった私は、何でこんなところにいるんだろう、と今までのことを振り返った。

私がこの世界にやってきたのは、今からちょうど三ヶ月半前。九月に入ったばかりで、まだ暑い日のことだった。

両親に先立たれ、親戚の家に厄介になっていた私は、高校卒業と同時に一人暮らしを始めた。資格も何も持っていなかったので、掃除という特技を生かし、清掃会社の派遣スタッフとして働くことでどうにか生計を立てていた。そんな日々が、この先もずっと続くと思っていたのだ。

だけど、異変は突然起きた。

その日、いつも通り派遣先で仕事を終えた私は、帰り際に曇った鏡を見つけた。無類のきれい好きとしてはどうしても見逃すことができず、拭(ふ)こうと手を伸ばした瞬間――何と、私は鏡の中に吸い込まれてしまったのだ。

今思い返しても信じられない話だけど、目が覚めると、そこは中世ヨーロッパ風の異世界だった。ビルもマンションもなく、周りは白人みたいな人ばかり。

言葉も分からず途方に暮れていた私は、星見亭(ほしみてい)という宿屋兼食堂を営(いとな)む、ベリンダさんとホルスさんという夫婦に出会う。彼らはとても親切で、私に食事を与え、おまけに住み込みで働かせてくれた。

星見亭での生活は快適だったが、困ったことが一つだけある。この世界では、庶民の家にお風呂がないのだ。お風呂が大好きな私にとって、それは死活問題だった。

そんな時、この国の王様が側妃を募集しているという噂を聞いた。側妃とは、王様の第二夫人のことらしい。その側妃になれば、毎日お風呂に入りたい放題じゃないか？　と考えた私は、無謀にも志願することにしたのだった。


き……気まずいっっ！

馬車の中は未だ会話のない状態が続き、非常にいたたまれない気分にさせられる。

何か話のきっかけはないものか——そんな私の願いが天に届いたのか、白妃様がこちらを向き、微笑みかけてきた。笑うとますます神秘的で美しい。私がすっかり見惚れていたら、その白妃様がようやく口火を切った。

「初めまして、黒妃よ。妾は白妃、サラージア・ハルベルダムじゃ。そっちの赤いのはよう知らぬが、よろしく頼むぞ」

白妃様の一風変わった言葉遣いに、私は意表を突かれる。そのせいで、返事をするのが遅れてしまった。すると私よりも先に、隣に座る赤妃様が口を開く。

「ふん、相変わらず変人のようですわね、ハルベルダム侯爵家のご令嬢は」

「これはこれはご挨拶じゃな、フィンディ・アローガネス伯爵令嬢よ。気位が高すぎるゆえに結婚相手が見つからぬと聞いておったが、まさか側妃になろうとは」

「その言葉、そっくりお返しいたしますわ！　あなただって占いだか呪いだかに夢中になって、嫁き遅れたから側妃になったのではなくて？」

えーと。どうやら知り合いみたいだけど……何か二人の間に火花が散っているような？

私の困惑をよそに、言い争いは徐々に加熱していく。

「妾は嫁き遅れたのではなく、嫁かなかっただけじゃ。そなたと違ってな」

「まあ、何ですって!?」

私は険悪な空気を払拭するため、勇気を振り絞って大声を上げた。

「わ、私は黒妃のアイーダ・ベネトリージュですっ。よろしくお願いします！」

会話を遮った私に、二人の視線が集中する。

……怖い。もしかしたら、選択肢を誤ったかもしれない。

「ベネトリージュ子爵様にこのような親類がいたとは、初耳じゃの」

「本当に。……ねえ、黒妃様。平民出身というのは本当なの？」

どうやらフィンディさんは、私のことを少しだけ知っているらしい。

「はい、本当です。私の母はシグ……ベネトリージュ子爵の妹の夫の従妹の叔母の娘なんですが、平民である私の父と駆け落ち同然に結婚して……とにかく私は子爵とは遠い親戚で、この度、縁あって養女になりました」

これはシグルトさんが考えた言い訳だった。シグルトさんというのは、私の後見人かつ養父である子爵様だ。そもそも私がこうして側妃になれたのも、大臣である彼が側妃候補を募集してくれたからだった。

側妃募集の情報を耳にした私はお化粧と胸パッドで装備を固め、集合場所であるミディブルという街の時計台広場へ向かった。

だけどそこに集まっていたのは、若くて可愛い女性ばかり。このままでは、夢のお風呂ロードは泡となって消えてしまう。

焦った私は、シグルトさんたち貴族を含め、その場にいた全員に向かって大声で宣言した。

「必ずや陛下を私の虜(とりこ)にしてみせます！　この顔と身体で！」――と。

シグルトさんにやる気を買われた私は、トントン拍子に王宮までやってくることができた。一度は陛下に追い出されそうになって、清掃女中として働いた時期もある。けれど、この度どうにか無事に側妃になれたのだった。

私の表向きの経歴は、後見人であるシグルトさんが考えてくれた。平民出身というのは少し調べれば分かることなので、嘘はつけない。シグルトさん曰(いわ)く、身分が偽(いつわ)れないならば、出自を偽るまで……だそうで、私は黒髪の人がたくさんいるガルナタ大陸出身ということになっている。幸いガルナタ大陸は遠いので、詳細はいくらでもごまかせるはずだ。

この国では、跡継ぎ欲しさに養子を迎えたり、遠縁の子供を引き取ったりすることがよくあるそうだ。そのせいか、私が平民出身と知っても、二人とも侮蔑(ぶべつ)の表情は浮かべなかった。

「なんやよう分からぬが、今日からは同じ側妃の身。よろしく頼むぞ」

「わたくしも、仲良くしてさしあげても良くってよ」

二人は、私が感情を表すのが苦手で無表情なことも、まるで気にしていない様子だった。おまけに、これからよろしくとさえ言ってくれている。

もっと冷たい態度を取られると思っていた私は、とても嬉しくなった。馬車の中なので座ったままだけれど、感謝の心を込めてペコリとお辞儀をした。

「こちらこそ、よろしくお願いします」

こんな会話をしながらも、彼女たちは道の両側を埋め尽くす人々に手を振っている。さすがは貴族だ。

それにしても――と、私は先程の二人の会話を思い出す。どちらも私とそれほど歳が変わらないように見えるのに、サラージアさんはフィンディさんから嫁き遅れと言われていた。若く見えるだけで、実は私よりうんと年上なのだろうか？

こっそり二人を見比べていたら、サラージアさんが私の視線に気付いた。

「何じゃ、妾たちに何か用かの」

「……失礼ですが、おいくつですか？」

遠慮がちに年齢を聞くと、サラージアさんは十七歳、フィンディさんは十六歳になったばかりだという。まさかの年下だ。二人とも大人っぽい外見をしているので、勝手に年上だと思い込んでいた。

逆に私の年齢を聞かれ、もうすぐ十九歳だと言うと、彼女たちは目を真ん丸にした。別に若く見える訳でもないと思うのに、どうしたというのだろう。

今までの険悪なムードはどこへやら、二人は私を横目で見ながらヒソヒソ話をし始めた。

「十九になるまで相手が決まらなかったなんて、この方、どんな欠陥（けっかん）があるのかしら？」

「待て、赤妃よ。平民は雇用主の意向で、とかく結婚が遅れるものと聞いたことがあるぞ」

……いや、全然ヒソヒソ話ではなかった。元々声が大きいのか、それともボリュームを下げる気がないのか。

いずれにせよ筒抜けだったので詳しく聞いてみると、普通、貴族のご令嬢は十代前半までに結婚相手が決まるものらしく、ともすると生まれる前から決まっていることもあるのだとか。親御さんに結婚相手を決められるなんて、昔ならいざ知らず、現代の日本で生まれ育った私にはとても違和感がある。

「妾は結婚などしたくはなかったのじゃが、父上にどうしてもと泣きつかれての。だから言ってやったのじゃ、相手が陛下なら嫁（とつ）いでも構わぬと。どうせお忙しい方じゃから、会うことも滅多になかろうと思うてな」

何と、サラージアさんはここに来る前の私と同じようなことを言っている。

「少しの時間だけ我慢すれば、王宮の希少な書物が読み放題じゃろう？　妾は読書が趣味での。実はこの口調もお気に入りの書物の登場人物を真似ておるのじゃ」

少しの時間というのは、陛下との夜の時間という意味だろうか。とにかく側妃になることは、彼女にとって些細（ささい）なことらしい。

読書のために側妃になるなんて、ちょっと理解しがたい。だけど、私もお風呂のために側妃になったので、人のことは言えない。その人にとって何が一番大切かは本人にしか分からないし、理解できないのはお互い様だろう。

それにしても、好きなキャラクターの口調を真似ていたとは。意外と可愛いところもあるものだ。

「あら、わたくしはそれ相応の覚悟を持って参りましたわよ。せっかく側妃になったんですもの、必ずやお世継ぎを産んでみせますわ！」

フィンディさんは鼻息も荒く宣言した。わあ、頼もしい。

しかし、私たち三人の中で真っ当な動機を持っていたのが、何とフィンディさんだけとは。このことを聞いたら、王妃様は喜ぶだろうか？　それともガッカリするだろうか？

それというのも、王妃様はお世継ぎが生まれることを誰よりも願っている反面、陛下を心から愛していらっしゃるので、他の女性との間に子供が生まれたら苦しむはずなのだ。

私が側妃になったのは、実はお風呂のためだけではない。側妃となって陛下の子供を産んで欲しいと、王妃様に頼まれたからでもある。

王妃様は、他国よりこのロズシェイン王国に嫁いでこられた。繊細な雰囲気を持つ絶世の美女だ。陛下とは相思相愛の仲だけど、結婚から二年経ってもお世継ぎが生まれないため、側妃を置くことになったのだという。

あの王妃様ラブの陛下が、フィンディさんとどうこうなるとは思えない。だけどもしそうなれば、それはそれで王妃様の希望を叶えることにはなる訳で……

ああ、でも王妃様は、私に産んで欲しいと言っていた。王妃様がフィンディさんとも仲良くなれば、彼女が産んでも構わないのだろうか？　もしそうなら、フィンディさんと陛下の仲を応援したいと思う。それとも王妃様が嫉妬に苦しまないように、二人の仲が深まるのを阻止するべき？

うーん、難しい問題だ。

どこからが浮気か？　という男女間の永遠の問題にまで考えが及びそうになって、私は慌てて頭を振った。

「そうキンキンした声を出すでない。頭と耳が痛うて敵わん」

「何ですって!?　あなたの方こそ、その魔女みたいな話し方はやめていただきたいわっ！」

やばい、二人が本格的に喧嘩を始めてしまった。それでも群衆に笑顔で手を振り続けているのが逆に恐ろしい。

私は喧嘩の仲裁をする代わりに、以前から気になっていたことを尋ねてみることにした。

「あの、陛下のことを怖いと思いますか？　その、仮面、とか……」

そう。国王陛下は仮面を被っているのだ。それも目元だけを隠すものではなく、頭をすっぽりと覆う仮面を。

しかし、不思議なことに、この国の人たちは陛下の仮面姿を別段気にしていないようだった。私が初めて見た時は、我が目を疑うほどの衝撃を受けたというのに。

侍女のアスティさんたちは「もう見慣れてしまったから怖くない」と言っていたし、私もそうなりつつあるけど、サラージアさんとフィンディさんはどう思っているのだろう？　二人の率直な意見を聞いてみたかった。

「確かに少々変わってはいるが、個人の自由ではないかえ？」

「陛下の政治手腕には脱帽すると、お父様がおっしゃっていましたもの。多少変わったところがあったとしても、デキる男であれば文句はありませんわ」

二人は意外なところで意見の一致を見せた。頷き合うその様子は、さっきまで口喧嘩していたとは思えないほどだ。

「妾が初めてお目通りを許された時には、すでに仮面を被っていたからのう」

「わたくしもそうでしたわ。それに、お父様から前もって事情を伺っていましたから。心の準備もできていましたし」

私は二人の言葉に、なるほどと頷いた。

二人とも高位の貴族なので、仮面姿の陛下と会う機会はこれまで何度もあったに違いない。おまけに、大臣職に就いているお父さんから事前に聞いていたなら、衝撃も少なかったことだろう。

有能なら仮面を被っていても構わないというのは、アメリカ人みたいな大らかな考え方だなあと思った。陛下がデキる人だというのは初耳だけれども。

二人が仮面のことを気にしていないのは分かったが、実は陛下には他にも問題がある。彼は何と、二重人格なのだ。

一つ目の人格は、冷たくて怖い陛下。そして二つ目の人格は、明るくて優しい陛下。私は二人の陛下を〝陰の陛下〟と〝陽の陛下〟と呼び分けている。

陛下が二重人格になったのは、子供の頃に父親である先王を殺害してしまってからなので、おそらく良心の呵責が原因だろうとシグルトさんが言っていた。

このスキャンダルは極秘中の極秘だからくれぐれも他言しないようにと、シグルトさんからきつく言われている。だから、陛下の二重人格をどう思うかについては、今は聞かないことにした。

「ほら、黒妃よ。手を振るのじゃ」

「そうですわ。側妃としての義務をきちんと果たしませんと！」

手を振るのも忘れて考え込んでいたら、年下の二人に注意されてしまった。

……私としてはこの二人、とても気が合っていると思う。

王宮の黒くて大きな門を通り、広い庭園を抜けたところで、私たちはようやく馬車から降りた。

先に到着した馬車の中に、陛下と王妃様の姿はない。すでに私たち王族の住まいである宮殿の中へ入ったようだ。

側妃披露の儀――つまり披露宴まではまだ時間があるので、私たちは一旦、各自の部屋へ戻ることになった。

私は侍女のアスティさんや警備の人たちと一緒に自室へと向かう。

アスティさんは今は私の侍女をしてくれているけれど、もともとは私が清掃女中として働いていた時の上司だ。そのきびきびとした言動は、厳格な女教師を彷彿とさせる。実際、私は彼女から礼儀作法やダンスなど、貴族に必要不可欠な知識をこれでもかというほど教え込まれた。とても感謝している……けど、たまに鬼軍曹や悪魔に変身するのは、やめて欲しい。

私たちが住む宮殿は三階建てで、陛下と王妃様の部屋は三階に、側妃たちの部屋は二階にある。建物を正面から見て左側に白妃サラージアさんの部屋が、真ん中に赤妃フィンディさんの部屋が、右側に私の部屋があるのだ。

二人は今日からここに住み始めるので、何かしらの儀式をしてから部屋に入るらしい。

フライングで入居していた私は、そのまま部屋へと戻った。

部屋にはすでに侍女のソフィアさんやエルさんがいた。元は私の女中仲間だったけれど、側妃になる際に侍女が三人必要だったため、アスティさんとともにスカウトしたのだ。

ソフィアさんはふんわりとした優しい雰囲気の女性で、出会った時から何かと世話を焼いてくれている。エルさんは赤毛の三つ編みがチャームポイントで、好奇心旺盛(おうせい)な女の子である。

二人は今朝の支度は手伝ってくれたけど、側妃行列(パレード)や婚礼の儀にはついてこなかった。その間に、お茶と軽食の準備をしてくれていたらしい。

これから始まる側妃披露の儀では、私たち側妃は出席者への対応に忙しくて食事を取る暇がないので、先に済ませておくべきなのだそうだ。だけど、あまり食欲はない。

「すみません、あまりお腹が空(す)いていなくて」

「アイーダさん、そう言って最近、あまりご飯食べてないじゃないですか。そのせいで痩(や)せちゃって、ドレスのサイズを直さなきゃいけなくなったんでしょう？　いつか倒れちゃいますよっ！」

心配そうに言うエルさんの後ろから、ソフィアさんが「ふっふっふ、私に任せて！」とニコニコしながら顔を覗かせた。その手にあるのは上等な布に包まれた、小さくて四角い何かだった。

「そう言うと思って、とっておきのものを用意してあるのよ。さ、開けてみて」

自信満々なソフィアさんの様子を不思議に思いながらも、私はテーブルについて包みを開く。

すると、見覚えのある箱が姿を現した。驚きと同時に、ある予感に胸を躍らせながら蓋を開ける。

「これ……！」

予感が当たって、私は目を見開いた。ほんの少し前までは毎日食べていたけれど、もう二度と食べられないと思っていたもの。そう、ジェイクさんの作ったお弁当だった。

ジェイクさんは王宮の料理人である。私が女中として働き始めた日に庭で出会ってから仲良くなり、毎日一緒にお昼ご飯を食べていたのだ。……私が側妃になるまでは。

私のことを好きだと言ってくれたけど、彼の手を取ることはできなかった。最後は笑顔でお別れできたものの、こうやってまたジェイクさんの作った料理を食べられるとは思っていなかった。

色とりどりの野菜やおかずの中央に、私の大好きな卵焼きがある。しかも、これまでのようなスクランブルエッグ状ではなく、ちゃんと巻かれていた。

ジェイクさん、頑張って巻いてくれたんだ。「あー！　また失敗した！　くそっ」などと言いながらも、諦めないで挑戦するジェイクさんを想像して、胸が温かくなった。

「これなら食べたいと思えるでしょ？　さ、食べて食べて」

「ソフィアさん、ありがとうございます。……いただきます」

私は手を合わせて軽く頭を下げる。この世界にこんな習慣はないけれど、今でもついやってしまうのだ。

そしてフォークを手にすると、お弁当を食べ始めた。

一口食べただけで分かる、懐かしいジェイクさんの味。卵焼きの他にも、私が美味しいと言ったものばかりが詰められている。

おかずの一つ一つに〝頑張れ〟というメッセージが込められている気がして、噛みしめるように食べた。気持ちが上向いて、久々に食が進む。そんな私を見て、侍女の三人も安堵した様子だった。

ごちそうさまでした、と再び手を合わせた私を見ながら、アスティさんが言った。

「これからは、ジェイクに食事を作らせるのがいいかもしれないわね」

その言葉に、私はすぐさま飛びつく。

「そんなことできるんですか？」

「側妃様たちを迎えるために厨房も人を増やしたようだし、不可能ではないはずよ。もちろん、毎日という訳にはいかないけどね」

今後は陛下や王妃様、他の側妃さんたちと一緒に食事をする機会が定期的にある。食事だけではなく、お茶会に招いたり招かれたりすることもあるそうだ。貴族のご夫人やご令嬢から招待されることも多いのだとか。

だけどそういった予定もなく私一人で食事を取る場合は、ジェイクさんに食事を作ってもらえないかと、アスティさんが料理長さんに交渉してくれるらしい。

料理長さん、承諾してくれるかな……してくれるといいな。

空になったお弁当箱を見つめながら、私は願った。


しばらく休憩していたら、側妃披露の儀の時刻が迫ってきた。

婚礼の儀ではティアラが目立つようにするため、他のアクセサリーをつけることは禁じられていた。

だけど、側妃披露の儀は違う。衣装はこれまでと変わらないが、ネックレスにイヤリング、ブレスレットや指輪など、思い思いに着飾って良いそうだ。

私は銀のティアラに合わせて銀色のネックレスを身に着ける。きっとこれも高価なものに違いない。百ロッシュは下らないよね。ううん、その倍以上かも。

ロジスやロッシュというのはこの国のお金の単位で、一ロジスは一円、一ロッシュは千円くらいの価値がある。つまり百ロッシュは約十万円だ。

婚礼の儀で授与されたでっかい宝石が付いたティアラは、一体いくらするんだろう……？　そう思うと傷付けたり落としたりしないかとても不安で、今すぐ外したくなる。

侍女の中でアスティさんだけは私の付添人として参加するので、彼女もいつもより豪華な侍女服に着替えていた。

準備ができた私は、清掃女中時代に毎日掃除していた回廊を通って、会場である大広間へと向かう。一時期、側妃になることを諦めていた私。その時はこの回廊を側妃として通ることになるとは夢にも思わなかったので、とても感慨深い。

やがて私たちは大広間に着いた。ここ来るのは、初めて王宮に来た時以来だ。

当時はとてつもなく広く感じたけど、今は大勢の着飾った貴族の方々で埋め尽くされているせいで、少々圧迫感がある。

私に続いてサラージアさんとフィンディさんもやってきた。二人も先程より数段煌びやかな出で立ちだ。ただでさえ美しいのに、こうなるともう私は身の置きどころがない。

そして私たち三人は皆の前に立たされ、それぞれの紹介文が朗々と読み上げられた。最初は侯爵令嬢である白妃・サラージアさん。次に伯爵令嬢である赤妃・フィンディさん。最後が子爵令嬢である私だ。

婚礼の儀の時も、この順番で婚姻の誓約書に名前を書いた。やはり同じ側妃といえども序列があるらしい。

紹介によれば、サラージアさんは大変な才女で常に冷静沈着、フィンディさんは芸事に秀でていて社交的なんだそうだ。馬車の中でフィンディさんが、サラージアさんは占いや呪いに夢中だと言っていたけれど、そんな話は一切出なかった。

ちなみに私はといえば、平民出身ではあるものの、外国のとても裕福な家庭で育ったと紹介された。その言葉を聞いた時は、思わず「えっ!?」と声を上げそうになった。

更には、この国のことを深く知るために遠路はるばるやってきて、平民に紛れて暮らしていた、という真っ赤っ赤な嘘に度肝を抜かれる。

おまけに「家庭的な一面を持つ、素晴らしい女性でいらっしゃいます」などと言われた時にはもう、唖然を通り越して呆然としてしまった。

私は生まれも育ちも庶民だし、星見亭で働いていたのも、生きるために仕方なくだ。それに家庭的と言っても私にできるのは掃除だけで、料理は作れなければ洗濯もあまり得意ではない。

衝撃冷めやらぬ私の耳に、今度は容貌についての褒(ほ)め言葉が飛び込んできた。

……異国風(エキゾチック)デ神秘的ッテ、ソレ誰ノコトデスカ？

ただの和風なのっぺり顔なんですよ～、化粧でごまかしてますけどね～。

シグルトさんと目が合うと、彼は苦笑いしながら肩を竦(すく)めていた。「こればっかりは今更どうしようもないよ」とでも言わんばかりに。

私たちの紹介が終わったところで、会場の隅(すみ)に音楽隊が現れた。オーボエやヴァイオリンによく似た楽器が軽快かつ華々しい音を奏で、それに合わせてサラージアさんと父親の侯爵様がダンスを踊り始める。

彼らが踊っているのはラストダンスと言うらしい。父親と最後のダンスをした後に、結婚相手と最初のダンス――ファーストダンスを踊るのだそうだ。

そのしきたり通り、曲の切れ間に侯爵様が陛下にバトンタッチする。冷たくて怖い〝陰(いん)の陛下〟バージョンの陛下は、不機嫌そうに口をへの字にしていた。

それでも、陰の陛下はダンスがお上手である。美男美女……いや、陛下は仮面を被っているから顔は分からないけれど、何にせよ二人はとても優雅で絵になっていた。

王妃様の様子を窺ってみると、彼女は私の視線に気付いて少しだけ頬を緩ませた。

陛下と同じ濃紺の衣装は、よく見れば細かい花柄の刺繍が入っている。襟や袖口は金糸で縁取られ、豪華な輝きを放っていた。王妃様は、その衣装にも負けないほど華があって麗しい。

だけど、あまり楽しそうには見えない。今の陛下が王妃様の好きな陽の陛下ではなく、陰の陛下だからだろうか？

私には王妃様の気持ちを完全に理解することはできないけれど、彼女がお世継ぎ問題から解放されて、心穏やかな時間を過ごせることを祈った。

視線を会場の中央に戻すと、以前シグルトさんと火花を散らしていたおじさんがフィンディさんの手を取った。何と、彼はフィンディさんのお父さんだったようだ。あの時は平民出身の側妃候補を連れていたけれど、結局は自分の娘を側妃にしてしまったのか……

しばらくしてフィンディさんはラストダンスを終え、続いて陛下と踊り始めた。

するとシグルトさんが私のところにやってきて、胸に手を当てて軽くお辞儀をした。そして茶目っ気たっぷりな顔で、私をダンスに誘う。

「私と踊っていただけますかな？」

「はい、もちろんです。……お父さん」

シグルトさんをお父さんと呼ぶのは、とても照れくさくて、とても嬉しかった。「お父さん」という言葉を長い間、口にしていなかったからだ。両親を事故で亡くした私に、再びお父さんと呼べる人が現れるとは思いもしなかった。

私はシグルトさんの手に自分の手をのせ、陛下とフィンディさんの近くまで進み出る。

シグルトさんとは、初めてでありながら最後（ラスト）のダンス。彼は踊りが苦手な私を優しく巧みにリードしてくれる。なのに、少しだけ胸が苦しくなった。きっとシグルトさんが、娘の嫁入りを見送る父親のような表情をしているせいだ。

彼は若い頃に奥さんを亡くし、それ以来ずっと一人身らしい。もしかしたら私に、生まれてきたかもしれない子供を重ねているのだろうか。そうだったら、こんなに嬉しいことはない。だって私もシグルトさんに、死んだ父親を重ねているのだから。

「幸せになるんだよ、アイーダ」

「はい。必ず幸せになります。だから、心配しないでください」

シグルトさんは瞳を潤（うる）ませながら、微笑みを浮かべる。その手が離れる瞬間に、言いようのない喪失感（そうしつかん）を覚えた。

だけどその余韻（よいん）に浸（ひた）る間もなく、陛下が強引に私の手を取る。思ったよりも硬くて大きな手だ。

「ちょ、ちょっと待ってくだ……あっ」

乱暴に引き寄せられてバランスを崩した私は、陛下の胸に倒れ込んでしまう。

「も、申し訳ございません！」

謝りますから、いきなり斬ったりしないでくださいね。あなたが力一杯引っ張るからいけないんですよ。決して私のせいではありませんので、そこんところをお忘れなきようにお願いしますっ！

「早く体勢を整えろ。こんな茶番、さっさと終わらせるぞ」

陛下が恐ろしく低い声で呟いた。不機嫌さ全開だ。

それでも、こうやってちゃんと結婚式や披露宴に出るなんて偉いと思う。まあ当然と言えば当然の話なんだけど、第一印象が最悪だったので、ちょっとしたことがとても良く見えてしまう。

陛下は女性として平均的な身長の私よりも、ずっと背が高い。恐る恐る手を伸ばして陛下の肩にのせると、位置が高すぎて腕がつりそうになった。

ここまで近付くと、陛下の唇と顎(あご)がよく見える。唇は薄く、あまり色味がない。そして意外なことに、彼はそれほど色白ではなかった。

年がら年中、執務室や会議室に籠(こも)っているものと思っていたけれど、そうでもないのかもしれない。よく考えてみれば、視察とかであちこち出かけることもあるよね。

それに、いつも剣を持ち歩いているところを見ると、きっとたまには屋外で剣の練習でもしているのだろう。

そんなことを考えつつ、私は陛下と踊り始めた。

サラージアさんとフィンディさんは陛下と見事なダンスを披露していたけれど、私は全然ダメだった。くるくる回され、引きずられ、引っ張られ、まるでジェットコースターに乗った時みたいに悪酔いしてしまう。

き、気持ち悪い……吐きそう……！

相性が悪いのか、単に私が下手なのか。最後は放り出されるように手を離され、陛下は一度もこちらを顧みることなくどこかへ行ってしまった。

皆の注目を浴びながらのダンスがどうにか終わると、アスティさんが扇で風を送ってくれた。人が多いため、冬だというのに熱気がすごいのだ。

「これから招待客の皆様が、ご挨拶にいらっしゃいます」

「そうなんですか」

「……事前にお伝えしたはずですが？」

アスティさんの眉がつり上がり、私は平身低頭しそうな勢いで謝る。

「そ、そうでしたね。ごめんなさい、ダンスが終わったら気が抜けちゃって」

「アイーダ様、お言葉遣いが」

「ご……いや、申し訳ございません」

アスティさんは私を一瞬だけ睨んでからすぐに表情を戻し、「御髪をお直しいたします」と言って顔を寄せてきた。

「いい？　笑顔になれとは言わないわ。だけど、しっかり挨拶するのよ！　くれぐれもお名前を間違えないようにね！」

アスティさんの表情はとっても怖くて、冷たい汗が背中を流れる。

そして彼女の言った通り、私たち側妃はたくさんの貴族さんに取り囲まれた。生まれつき無表情なので、にこにこと愛想よく振る舞えないのが辛い。その分、できるだけ丁寧に挨拶を返した。

だけど途中から誰が誰だかよく分からなくなって、ちょっとしたパニックになってしまう。カタカナ名を覚えるのは、元々とても苦手だった。

だから、それ以降は相手の名前を呼ばない方向で対処することにした。おかげでそばに控えているアスティさんの方には、怖くて視線を向けられない。

どうにか挨拶(あいさつ)が一段落したところで、アスティさんが飲み物を手渡してくれた。眉と眉の間に深い縦ジワが刻まれているが、何とか及第点は取れたようで、私はほっと息をつく。

渡された果物のジュースを飲むと、ようやく周囲を見回す余裕が出てきた。

陛下の斜め後ろには、白地に金の刺繍(ししゅう)が入った衣装を身に纏(まと)った男性が、数人立っていた。警備しているのだろうか？　いや、警備の人は大広間の四隅(よすみ)と出入り口にちゃんと立っているし、衣装も明らかに違う。

「あの、アスティさん。陛下の後ろに立っている人たちは誰ですか？」

「あれは騎士よ。側妃行列の時、馬に乗って併走していたでしょう？」

「ああ、確かにいらっしゃいましたね」

私はなるほどと頷いた。彼らは馬車に併走していた時はマントを着ていたので、すぐには分からなかったのだ。

アスティさんによれば、騎士というのは陛下の身を守るために選ばれた精鋭部隊で、全国民の憧(あこが)れの的(まと)なのだとか。優れた剣の腕を持っていることはもちろん、貴族であることが条件なので、とても狭き門なのだという。

「じゃあ、彼らはエリートさんなんですね」

尊敬の思いで見ていたら、私の目は、そのうちの一人に引き寄せられた。

背が高くて肩幅も広く、がっちりとしている。短く切られた髪は金色で、瞳は藍色。三白眼ぎみだからか眼差しは鋭い。会場にお祝いムードが漂う中、彼だけが張りつめた空気を醸し出していた。もっとも、彼に注意を引かれたのはそのせいではない。……以前、どこかで見たことがあるような気がしたからだ。

どこでだろう。星見亭のお客さんだった訳でもないし、王宮に来てから会ったという訳でもないし。うーん、思い出せない。一目見たら忘れそうにない容貌なんだけど。

そんなことを考えていたら、その騎士さんは陛下に何事かを命じられ、折り目正しく礼をしてから退室していった。

「あまりよそ見をするものじゃないわ」

「はい」

アスティさんに小声で注意されたので、視線を正面に戻す。そのうち司会者の男性が「これにて側妃披露の儀を終了する」と宣言した。とはいえ、招待客はここで解散する訳ではなく、今夜はこのまま踊り明かすのだそうだ。

私たちはこの場に残っても、部屋に戻ってもいいと、事前に言われている。早朝からのハードスケジュールで、もう体力の限界だ。一秒でも早く熱いお風呂に浸かって、疲れを取りたい。そう思っていたんだけれど——

最後にもう一度全員でグラスを手に取り、乾杯をした直後、司会者さんが思いもよらぬ発言をした。

「では、これより陛下に今夜の床入りのお相手を決めていただきます」

ぶふーっ！

私は口に含んでいた飲み物を盛大に噴き出してしまった。

はっ？　今、床入りって言った？　床入りって、もしかして……しょ、初夜のこと？

そんなことを公衆の面前で言うなんて、どうかしている。だけど自分以外の全員が平然としているのを見て、私は更に混乱した。

フィンディさんのお父さんなんて、「待ってました！」とばかりに身を乗り出している始末だ。

皆が固唾を呑んで見守る中、司会者さんが陛下を促す。

「陛下、どの側妃様になさいますか」

まさかここでやるのか？「ど・れ・に・し・よ・う・か・な」というお殿様遊びを！

サラージアさんはどうでも良さそうな表情を浮かべ、フィンディさんは期待に目を輝かせていた。

私はもちろん、唖然呆然の体である。

側妃が三人もいるのだから、その中の一人を選ぶのは仕方がない。だけどこういう秘めごと的なことは、相手にだけお知らせして夜になったらこっそり部屋へ行く、というのが暗黙のルールだと思っていた。

陰の陛下には羞恥心というものがないのか、ただ面倒くさそうに私たち三人を見ている。

実は私は陽の陛下と、ある約束をしていた。夜伽のお相手には、私を選んでもらうという約束だ。

陽の陛下は言っていた。王妃であるエレインを様を愛しているから、側妃たちとは身体の関係を持ちたくないと。

でも、側妃を迎えることはすでに決定しており、中止にすることは出来なかった。だから私は、陽の陛下と約束したのだ。表向きには陛下が私の部屋に泊まっているように見せかけ、夜中にこっそり王妃様のもとへ戻っていただくこと。そして二人で子作りに励んでもらうことを。

とはいえ、王妃様にはその約束のことを伝えていない。お世継ぎを産まなければならないという重圧から束の間だけでも解放してあげたいと、陛下が言ったからだ。

「どなたが選ばれるのかしら」

出席者のうちの誰かがそんなことを言った。そのほんの小さな囁き声が聞こえるほど、会場は静まり返っている。

「白妃様に決まってるじゃないの、何と言っても侯爵家のご令嬢ですわよ」

また聞こえた別の誰かの言葉に、私は内心で頷いた。

陽の陛下と例の約束をした後、彼がぼやいていたのだ。「でも他の側妃のもとにも一回は通わないといけないだろうな～。嫌だな～」と。だから私は「寝たふりでもしとけばいいんじゃないですか？」とアドバイスしたのだった。

そもそもその約束のことが、陽の陛下から陰の陛下に伝わっているかも怪しい。彼らは人格が入れ替わっている間の記憶が抜け落ちてしまうせいで、交換日記でもしない限り意思疎通が出来ないのだ。

でも、こうなってしまった以上、私はもうどうすることもできない。おそらく、今日のところは一番身分の高いサラージアさんが選ばれるだろう。

「今夜は――」

長い沈黙の後、陛下がようやく口を開いた。皆がその口元に注目する。そして……

「今夜の相手には、黒妃を指名する」

陛下が思いもよらないことを言い出したので、しばし私の思考が停止する。けれど周囲のざわつきで我に返り、陛下の言葉を反芻した。

黒妃って……え？　もしかして……私ですか⁉

◆◆◆

「やったわね、アイーダ。早速ご指名なんて！」

「いやーん、まるで自分のことみたいにドキドキしちゃいますっ」

お風呂上がりの私の身体をマッサージしながら、ソフィアさんとエルさんがはしゃぐ。

彼女たちに裸を見られるのにも、もう慣れた。いや、慣れざるを得なかったというのが正しい。

何しろ、皆おかまいなしに見るわ触るわ揉むわで、恥ずかしがる暇もないのだ。とっくの昔に全てを見られているので、もうどうにでもなれという気持ちである。

とはいえマッサージしてもらうと身体が軽くなるし、髪や肌もずいぶん綺麗になる。特に水仕事で荒れてガサガサしているのが当たり前だと思っていた私の手が、手入れさえ怠らなければこんなにツルツルになると知った時には、感動したなあ。

あれ？　何だか身体にすり込まれる香油の量が、いつもより多い気がする。揉み込む手もいつになく力強いような……

と、思っていたら、いきなり太ももの辺りをグイッと強く揉まれた。

「い、痛いです！」

「あらあ、ごめんなさいね？　嬉しくて、つい力が入っちゃうのよ～」

ソフィアさんはそう言って一度は力を緩めてくれたものの、鼻歌を歌いながら徐々に力を増してくる。彼女はむくみに効くツボを知り尽くしているんだけれど、そこを押されると信じられないくらいに痛い。特に足首の辺りにあるツボを手の甲の骨でぐいぐい押されると、もしやメリケンサックでもはめているんじゃないかと疑うほどの激痛なのだ。

「いっ……!!」

私は声にならない悲鳴を上げた。だけど、エルさんに足首をしっかり掴まれているので逃げ出せない。だから目と口をギュッと閉じ、枕を叩いて痛みを紛らわした。

ようやくお手入れが終了し、下着をつけようとしたら、アスティさんに「そんなものは必要ないでしょ」と取り上げられた。「これがないと貧乳がバレバレなのですが」とおずおず申し出ると、「どうせ脱いだらすぐにバレるわ」と冷たい一言が返ってくる。

確かにそうだけど、ないと何となく落ち着かないってこと、あるじゃないですか……アスティさんはないんですね。ああ、はい。我儘言ってすみませんでした。

それよりも問題は、貧乳だとバレた時だ。怒った陛下に殴られたらどうしよう。まさか斬られたりはしない……よね!?

「アイーダ、これはチャンスよ。どうして今夜あなたが選ばれたのかは分からないけれど、何が何でも陛下を満足させるのよ！」

「そんな、無理ですよ」

私は自分の身体を見下ろす。貧乳で、およそ女性らしさの欠片もない身体。だからタオルで偽乳を作ってここまで来た。陛下と王妃様は相思相愛だと聞いていたので、陛下の前で服を脱ぐ日など来ないと信じて疑わなかったのだ。

陰の陛下が、本気で私とどうこうなろうと思っていたらマズイ。今頃人格が陽の陛下に戻っていたりしないだろうか。……なんて、都合が良すぎるかな。

「馬鹿ね、部屋を暗くすれば分からないわよ」

わあ、アスティさんの笑顔が黒いです。たとえ部屋を暗くして見た目はごまかせたとしても、触られたら一発で有罪判決が下っちゃいますよ……

そこでソフィアさんが、名案を思いついたとばかりに顔を輝かせた。

「横向きや後ろ向きになるとか！　もういっそのこと、陛下の上に乗っかっちゃったらどう？」

「キャーッ、ソフィアさん、刺激が強すぎますーっ！」

エルさんが両手で顔を隠しながら、じたばたしている。「私、恥ずかしくてたまりませんっ！」

とか言いつつも、完全に笑顔だ。

何ですかこの疎外感(そがいかん)は。何で三人ともそんなに楽しそうなんですか。っていうか、完全に面白がっていますね？　私なんて気分は市場へ売られる子牛だというのに……

一人だけこの場の空気に乗れていない私に、エルさんが気付いた。

「何かアイーダさん、落ち着きすぎてませんか～？」

違います、元々無表情なだけです。そして皆さんのテンションについていけないだけです。

そう答える前に、ソフィアさんが私の顔を覗き込んだ。

「ほんとねえ。あ、もしかして……」

もしかして？　と私が首を傾げると、アスティさんがすごい形相(ぎょうそう)でにじり寄って来た。そりゃもう、私の胸倉(むなぐら)を掴まんばかりの勢いで。

怖い。その顔は鬼軍曹や悪魔を通り越して、般若(はんにゃ)へと変貌を遂げている。

アスティさんは私の両肩を掴み、がくんがくんと前後に揺らす。ひいっ、目が回りそうです！

「アイーダ！　あなた、まさか初めてじゃないとか言わないでしょうね？」

「は、初めてですよ、もちろん」

私のこれまでの人生の中で、一体いつそんな機会があったと言うのだ。

それどころか、異性と手を繋いだこともなければ、キスしたことも……あ、キスはしたんだった。

ジェイクさんと、一度だけ。

思い出した途端にはっと息を呑んだら、アスティさんが目ざとく気付き、私の顔を凝視した。

やばい、顔に出てしまっただろうか。いやいや、私の短所である無表情は、こんな時だけは長所に変わるのだ。

私は平常心を装ってポーカーフェイスを保ち続ける。

やがてアスティさんは、にっこりと笑みを浮かべた。

「そう、良かったわ。でも、初夜が何たるかくらいは知っているわよねえ？」

いくらトンチンカンなあなたでも――そんなニュアンスがガッツリと含まれた言葉に、私は何度も頷く。

そのくらいは私でも知っている。保健体育の授業で習ったことがあるし、中学生の頃にクラスメイトの女の子たちが話しているのを聞いたこともある。私は生まれつき無表情なせいで友達がいなかったから、参加したことはないけれど。

だけど、貞操の危機は全くと言っていいほど感じていない。

それというのも、陰の陛下はおそらく私に手を出さないだろうと思うからだ。

彼がサラージアさんたちを差しおいて私を選んだ理由は一つしかない。きっと陽の陛下から私を選ぶようにと交換日記かメモを通じて頼まれていたのだ。

いや、でも……

私の頭に、ふと疑問が浮かぶ。

陰の陛下が、陽の陛下の願いを聞き入れるだろうか？　今までの彼の言動から判断するに、答えはＮＯだ。

もしかしたら陰の陛下は、今夜本当に私とそういう関係になるつもりなのかも……？

そんな馬鹿なと思いつつも、急に身の危険を感じた私は、わずかに身体を縮こまらせた。

まあ、一度は陛下の子供を身籠る覚悟をしたこともあるのだし、陛下がお風呂に入って清潔にしてくれさえすれば、別に我慢できないほど嫌じゃない……と思う。

サラージアさんも言ってたじゃないか、しばらくの間、目を閉じて我慢していれば済むのだ。毎日お風呂に入り放題という贅沢な生活をさせてもらっているのだから、その分はきっちり働かないと。

だから陛下によほど変な趣味がない限り、耐えてみせよう。

それよりも、この貧相な身体を見て、陛下がその気をなくさないかが心配だ。そんなことになろうものなら、明日の朝が怖い。主にアスティさんの反応が。

そんなことを考えていたら、部屋の入り口の扉がノックされた。アスティさんが寝室を出て行き、入り口の扉を開ける音がする。次いで「もうすぐ陛下がいらっしゃいます」という男の人の声が聞こえた。

え、もう？　早すぎない？

アスティさんの「かしこまりました」という声が聞こえるより早く、ソフィアさんとエルさんが慌ててお手入れの道具を片付け始めた。

「早速陛下がいらっしゃるのね～」

「私、陛下を近くで見るのは初めてですっ」

「あなたたち。そんなに騒いで、みっともないわよ。今後も頻繁（ひんぱん）に来ていただくことになるのだから、早く慣れなさい」

寝室に戻って来たアスティさんが、こちらに視線を寄こしながらさりげなくプレッシャーを与えてくる。

頻繁（ひんぱん）に来てもらえるように、何が何でも気に入られろってことですね。今夜が初体験の人に、何て無茶ぶりなんですか。

でも、そういえばシグルトさんも期待に満ちた目をしていたなあ。……善処します。

しばらく経つと扉が乱暴に開かれ、陰（いん）の陛下が登場した。相変わらず、扉を開けてもらうのを待てないらしい。

私には目もくれずに、陛下はアスティさんたちを下がらせた。

そして窓際に近付いて外を一瞬だけ見てから、奥のソファへどかりと座った。

「酒」

気付けば、テーブルの上には高級そうなお酒の瓶が二本ある。もしかしなくても陛下のために用意されたお酒だろう。

「はい、すぐにお注（つ）ぎします」

私はグラスを陛下の前に置き、お酒を注ぎ入れた。陛下は無言でグラスを掴み、一気にあおる。

すぐに空（から）のグラスを突き出されたので、私はそれにまたお酒を注いだ。

立っているのも何なので、陛下の向かいに腰かける。会話は一切ないけれど、別に気まずくはないのが不思議だ。普通、誰かと二人きりになると会話に困るものだけど、陰の陛下はそもそも私との会話など求めていないとはっきり分かるからだろう。

陛下はいつもの黒い服を着ていた。もちろん仮面は被ったままで、その腰には剣がある。

陰の陛下は周りの人を信用していないと、陽の陛下が言っていたっけ。夜に女の人の部屋を訪ねる時でさえ剣を持っているなんて、どれだけ疑心暗鬼になっているのか……

陛下はお酒を飲み続けていて、まだまだ寝そうにない。私たちの間には初夜らしい甘い空気は皆無だった。

やっぱり陛下は、今夜私とどうこうなろうとは思っていないらしい。ほっとしたような、気が抜けたような、複雑な気分だ。

陛下は無言のまま、とうとうお酒をひと瓶飲み干してしまった。もう一本の瓶を開けるために腰を浮かしかけた私は、陛下がテーブルにグラスを置いたのを見てソファに座り直す。どうやらこれ以上飲む気はないらしい。

そうなるともう、私にできることはない。夜が更けたら、陛下は勝手に部屋を出ていくのだろう。

私は立ち上がって深く頭を下げてから、一人寝室へ向かって歩き始める。

すると、背後から陛下に呼び止められた。

「……どこへ行く？」

私は一応身体ごと彼の方を向き、返事をする。

「明日も朝が早いので、寝室へ参ります」

そう答えると、陛下が言葉に詰まったことが雰囲気で分かった。

側妃になっても掃除の仕事を続けたかった私は、時々かつらを被って別人になりすまし、この宮殿の一階にある画廊の掃除をしている。

側妃披露の儀が終わったら、しばらくの間はその仕事に専念していいと、アスティさんから許可をもらっていた。だから面倒臭いダンスとマナーを勉強し、分厚(ぶあつ)い貴族名鑑も頑張って暗記したのだ。

つまり、明日からは思う存分掃除ができる。さすがに夜は勉強をしなければならないけれど、早朝から昼過ぎまでは掃除三昧(ざんまい)。ストレスフルな日々よ、さようなら。こんにちは、ストレスフリーな私。

そんな訳で、夜更(よふ)けまで陛下に付き合って体調を崩すことは避けたい。

陛下にもう一度お辞儀をして、私は寝室に移動した。

そのまま寝床(ねどこ)に入ろうとすると、陛下も寝室にやってきた。陽(よう)の陛下と同様に、浴室の窓から縄梯子(なわばしご)を使って、真上にある自室へ戻るのだろう。

「浴室なら、そちらです」

浴室へ行くには寝室を通らないといけないのだ。縄梯子はちょうどバルコニーの陰に掛かっているので、警備兵からは死角になると、陽の陛下が言っていた。

見送りぐらいはしないとマズイかと考えていると、陰(いん)の陛下は浴室には向かわず、ベッドの方へ足を向けた。

信じがたいことだが、どうやらその気はあるらしい。陰の陛下は陽の陛下と違って、王妃様命ではないみたいだ。

陛下は私に覆いかぶさるように、ベッドにのってきた。その身体からはお酒の匂いと、石鹸の良い香りがする。陛下も入浴を済ませているようだった。それは良いことだ。

陛下は腰に佩いていた剣を外し、サイドテーブルに立てかける。手を伸ばせばいつでも掴める、絶妙の位置だ。私が何か不審な行動を取ろうものなら、躊躇なくあの剣を振るうだろう。

だけど逆に考えれば、私が何もしない限り安全とも言える。

夜具を捲られ、陛下の顔が近付いてきても、私は避けなかった。

「嫌がらないのだな」

唇が触れるか触れないかの距離で、陛下が問う。その声には小馬鹿にしたような響きがあった。

それによって、陛下が私のことを気に入らないだけでなく、蔑んでいるのだと気付いた。私が平民出だからか、それとも欲に目がくらんで側妃に成り上がった女だからか、理由は分からない。

でも側妃になった以上は、目の前にいるこの人に仕えなければならないのだ。

私は彼の機嫌を損ねないよう、努めて冷静に答えた。

「……キスは初めてではありませんから」

「そうか。では、その先は我が教えてやろう」

そのまま顔が近付いてきて、噛みつくように唇を奪われる。ジェイクさんとは全然違う、冷たい唇。そして、頬に当たる冷たい鉄の感触。

私は一瞬だけ身を竦（すく）めてしまったものの、すぐに身体の緊張を解いた。

しばらく口腔（こうこう）を舌で蹂躙（じゅうりん）され、その後、唇がやや乱暴に首筋を這（は）っていくのを、天井をぼんやり見つめながら感じていた。

「どうした？　怖くて声も出ないか？」

あまりに無反応なせいか、陛下が再び私に尋ねてくる。私が悲鳴を上げたり嫌がったりするのを期待していたのだろうか。

「実は、あまり怖くはありません」

未知の領域に踏み込むことへの戸惑いは、確かにある。けれど、恐怖ではないと思う。

私は陛下のことが好きな訳じゃないし、陛下も私のことなんて子供を産ませる道具くらいにしか思っていないだろう。好きな人じゃないなら、相手は誰であろうと一緒だ。むしろ好きな人が相手なら、私は今頃緊張のあまりパニックになっているはず。

お互いに気持ちがなければ、ただの身体的接触に過ぎない。そう考えたら、戸惑いの気持ちさえどこかへ消えていった。

今、私の心は夜明けの海のように凪（な）いでいる。ただ一つ心配なのは、陽（よう）の陛下が後でこのことを知ったら、どう思うだろうかという点だった。

自分が王妃様以外とそんな関係になったと知れば、きっと彼女と今までのようには話せなくなる。

王妃様の方も覚悟していたこととはいえ、心穏やかではいられないだろう。

だけど側妃である私に、陰（いん）の陛下を拒否できるはずもない。

全ての批判を受け入れようと決意し、私は目を閉じた。

すぐ近くに他人の体温を感じる。ああ、陛下はちゃんと実在していて、温かい血が流れている人間なんだな、と思った。

もちろん幽霊だと思っていた訳ではないけれど、私にとって陰の陛下は陽の陛下と違って、どこか現実味のない存在だったのだ。

「面白い女だ。他の女たちとは一味違う」

陛下が微かに笑った気がした。それは褒め言葉なのだろうか。

私は目を開き、陛下の冷たい仮面を見上げた。すると、その下にある口元がはっきりと歪む。

「……とでも言うと思ったか」

「え……？」

「少しでも怖がれば力ずくで抱こうと思ったが、お前は人形のようでつまらん。それに、女なら間に合っている」

それは王妃様だけで十分満足しているということか、それともよそで楽しんでいるということか……どちらかというと後者な気がした。

陛下の相手をする女性は、王妃様以外にもいるのかもしれない。そして、おそらく陛下はその女性たちを何とも思っていない。好きだとか、気が合うとか、そんなことは考えたこともなさそうだ。

ギシ、とベッドがきしむ。陛下は身を起こし、乱れた衣服を整えた。彼が剣を再び手に取ると、硬質な音が静かな室内に響く。

そして陛下は再び窓際に寄り、窓の外を窺（うかが）った。

「警備兵が移動した。部屋へ戻る」

陛下は私の方を見ずに言い、すたすたと浴室の方へ歩いて行く。あまりの変わり身の早さに驚き対応が遅れたものの、私も慌てて起き上がった。そして衣服を整え、陛下の後を追う。

陛下が浴室のカーテンと窓を開けると、窓から一気に冷たい風が吹き込んで来る。そこには予想通り縄梯子（なわばしご）が下がっていた。この部屋に来る前に下ろしてきたに違いない。

彼は窓枠に足を掛け、縄梯子を掴んだ。そしてためらうことなく上っていく。いつかの夜のように、私は窓から身を乗り出して陛下を見上げた。

「陛下。陛下はどうして今夜、私を選んだんですか？」

「あの者との契約だ。……だが、それも今回限りだ」

そう言うと、陛下は再び縄梯子を上っていった。

あの者というのは王妃様か、それとも陽の陛下か。

陛下が無事に部屋へ戻るのを確認した私は、乱れたままのベッドへと戻りながら、人知れず溜め息をついた。

——長い、一日だった。

◆　◆　◆

翌朝目覚めると、朝ご飯と一緒にたくさんの箱が部屋に運び込まれた。

またシグルトさんからのプレゼントだろうか？　と首を傾げていたら、アスティさんが急に抱きついてくる。

「ああ、アイーダ。あなた、やったわね！」

まるでラグビー部の人にタックルされたかのような激しい勢いに、私はぐえっと悲鳴を上げた。

一体何事だろう。

「ど、どういうことですか？」

そう尋ねると、アスティさんはゴホンと咳をした。箱を運んできた男性の使用人さんたちがまだいるのに言葉遣いを改めていなかったことに気付いたらしい。完璧主義者の彼女にしては珍しい。よっぽど興奮しているみたいだ。

その後ろで、ソフィアさんとエルさんも飛び上がって喜んでいる。だから、一体何なんですか。早く説明してください。

アスティさんによれば、これらは初夜を無事に終えた翌朝に陛下から贈られるもので、これらが贈られて初めて名実ともに側妃になるらしい。贈り物が届くのが早ければ早いほど、品数が多ければ多いほど、陛下が満足したという証なのだとか。

今、私の目の前にある贈り物の数は尋常じゃないほど多い。つまり、私と陛下が昨夜しっかり肉体関係を持ち、そして陛下は私に大変満足したと、周囲は判断するそうだ。

ああ、だから皆こんなに喜んでいるのか。でも、実際は何もなかったのに……もらってもいいのかな？　というか、陛下はなぜこんなことを？

彼の真意を測りかねている私をよそに、侍女三人は、まるでクリスマスとお正月が一緒に来たかのような大騒ぎだ。

やがてアスティさんが、私に囁いた。

「これでアイーダ様の地位は盤石なものになりました」

「……それはつまり？」

「一・生・安・泰、でございます！」

最初は小声だったのに、徐々に声高になっていくアスティさん。

彼女の話によれば、今後、たとえ陛下に何かご不幸があったとしても、私は新しい王から保護を受けられるそうだ。つまり年金をもらいつつ、悠々自適な老後を送れる……みたいなことだろうか？

いつまで生きられるかは分からないけれど、とにかく寿命が尽きるまでは生活費の心配がなくなると聞いて、私も嬉しくなった。何よりお風呂三昧の生活が保障されるのが嬉しい。

皆でハイタッチでもしたい気分だ。ああ、権力万歳！　お金持ち万歳！

あれ？　荷物を運んできてくれた使用人さんたちが、恐ろしいものを見るような目でこっちを見ている。どうやら、一生安泰という言葉で喜ぶ私たちに恐れをなしたらしい。あ、目が合った途端に視線を逸らされた。

別に怖くないですよ～。つい女の本音がポロリと出てしまっただけですよ～。だから引かないでくださいね〜。

そんな私の必死の願いも虚しく、全ての荷物を運び終わると、彼らは慌てて出て行った。

「で、どうだったの？　アイーダ。陛下との初夜は」

「キャッ！　聞きたいけど聞きたくないような……乙女心は複雑ですっ」

ソフィアさんとエルさんが、興味津々な様子でにじり寄って来る。聞かれる立場というものに慣れていない私は、思わずタジタジになってしまった。

「そ、それより贈り物を見ましょう！」

私は話を逸らすため、山積みになった箱を指差す。

箱の中には数えきれないくらいの装飾品が入っていた。そのどれもが丁寧に細工されていて、見るからに美しい高級品だった。

まだ清らかな身体を持つ身としては、品物が高価であればあるほど心苦しくなる。なので私は自分から見ようと言っておきながら、早々にそれらから目を背けてしまった。

侍女三人はこれから贈り物の目録を作り、いつでも取り出せるように整理しなければならないらしい。

それを私が手伝う訳にもいかないようなので、あとは三人に任せて掃除をしに行くことにした。

女中の制服を着て茶髪のかつらを被った私は、宮殿の一階にある画廊へと向かった。

入り口のそばに、警備兵さんが一人いる。俯いて前髪で顔を隠しながら挨拶すると、相手は直立不動のまま挨拶を返してくれた。

画廊の中に入って扉を閉めた後、私は安堵の息を吐く。そして、いよいよ仕事に取り掛かった。

いつものように壁を拭いて、美術品の埃を払い、お茶がらをまいた床を掃く。ここの掃除にも慣れて要領を得たせいか、お昼になる前に終わってしまった。

はっきり言って全然物足りない。もっとわしゃわしゃと全力で掃除がしたい。そう思い、他に掃除できるところはないかと顔を上げた時だった。

「まあ、こんなところにこんな素敵な場所があったのね」

入り口の扉が開いたかと思うと、そこから現れたのは、赤妃のフィンディさんだった。

私は慌てて壁際に寄り、頭を下げる。掃除はすでに終了しているので、彼女が私の前を通り過ぎるのを待ってすぐさま退出しよう。

フィンディさんは侍女さんを従え、目を輝かせて美術品を眺めている。どうやら彼女は芸術への造詣が深いみたいだ。

「ねえ、あなた」

さりげなく退室しようとした私は、フィンディさんに呼び止められてしまった。

「……何かご用でしょうか?」

「ここの掃除は、全部あなたが?」

「は、はい」

「わたくしの部屋も掃除してもらえないかしら? どうも仕上がりに満足できないんですの」

……何の罰ゲームですか、それ。

掃除自体はやりたいけど、正体がバレる可能性が高い。ここは断るしかないだろう。

「私などではなく、他の方に……」

「あなたがいいのですわ。だってここ、とってもきれいなんですもの。壁や床ももちろんですけれど、ほら、これなんて、丁寧に埃（ほこり）を取ったとすぐに分かりますわ」

フィンディさんはすぐ近くにあったオルゴールにそっと手を触れた。そのオルゴールには細かい装飾が施（ほどこ）され、おまけに大きな宝石がはめ込まれているので、いつも心して手入れをしている。

「ね？　お願いしますわ。埃一つない部屋にしたいんですの」

そのフィンディさんの言葉で、私の掃除魂（そうじだましい）に火がついた。正体がバレるかもしれない、なんて考えはどこかへ行ってしまう。

埃一つない部屋……それは私に対する挑戦状だ。ぜひ受けて立ちましょう！

「かしこまりました。では、赤妃様がお部屋にお戻りになる前に終わらせます」

「感謝しますわ。ブリジット、案内してさしあげて」

「え……？　ですが……」

「ね、お願い」

「……はい、かしこまりました」

フィンディさんは侍女のブリジットさんという方に、私を部屋まで案内するよう指示した。

「……では参りましょう。ご案内いたします」

「はい、ありがとうございます」

ブリジットさんは目立った特徴はないけれど、美しい顔をしている。私の顔も特徴がないという点では彼女と同じだというのに、この差は何だろう。

美しいのは顔だけではなく、きびきびとした動作は見ていて惚れ惚れする。だけど主人であるフィンディさんのそばを離れるのが嫌なのか、その表情はやや硬くて険しい。

私はフィンディさんの部屋の場所を知っているから、一人で行こうと思えば行ける。でも、清掃女中が勝手に入ることは出来ないので、心の中で謝りながらも案内してもらった。


フィンディさんの部屋は間取りこそ私の部屋と大差ないけれど、内装は全く異なっていた。

全ての家具には金の縁取りが施されており、テーブルや椅子はもちろん、ソファまでもが薔薇柄で統一されている。部屋全体が、まるでベルサイユ宮殿みたいに豪華でキラキラと光り輝いていた。

そんな光景に驚きつつ、部屋の状態を確認する。掃除は一通りされているようで、一見どこがそんなに気になるのか分からない。

それでも注意してよく見ると、金色の装飾の隙間に少し埃がたまっていた。これか、フィンディさんが言っていたのは。意外と神経が細やかな方らしい。

私は七つ道具の一つ、歯ブラシを取り出した。日本製の、毛が細くて柔らかいものだ。この世界にも歯ブラシはあるけれど、動物の毛で出来ているため、毛が硬いのが難点だった。

全ての家具の埃を取り、壁や床など気になるところを端から端まで磨く。うーん、やっぱり全力で掃除するのは気持ちいい。

でも作業をしている間、ずっとブリジットさんに監視されているのには困った。そんなに睨(にら)まなくても、家具に傷は付けないし、何か盗んだりもしませんよ……

あらかた掃除が終わり、ふう、と額の汗を拭(ぬぐ)ったところで、フィンディさんが帰ってきた。

「まあ、こんなにきれいになって！　やはりあなたに頼んで良かったですわ！」

フィンディさんは大きな目を更に大きくして喜んでくれた。掃除をしてきれいになった瞬間も嬉しいが、喜んでもらえる瞬間も、何ものにも代えがたい嬉しさがある。

お辞儀をしてほくほく顔で退室しようとしたら、またもやフィンディさんに「ちょっと」と呼び止められてしまった。

こ、今度は何だろう。

「あなた、前髪が長すぎるのではなくて？」

「いや、これはその……」

ひいぃいぃいっ！　近寄らないでください、手を伸ばさないでくださいっ。

正体がばれたら二度と掃除ができなくなるので、私は前髪を手で押さえて後退(あとじさ)った。突然の出来事に、心臓がバクバクしている。

そのまま逃亡を図(はか)ろうとした時、白妃のサラージアさんが部屋に入って来た。

「邪魔するぞ」

「まっ！　お茶の準備が出来たと連絡する前にいらっしゃるなんて、常識のない方ね」

どうやら二人は一緒にお茶を飲む約束をしていたらしい。仲が悪いと思っていたが、そうでもないようだ。それはとても喜ばしいことだけど、サラージアさんがいつまでも扉の近くにいるので、逃げるに逃げられない。

「約束の時間になったから来ただけじゃ。呼びに来る手間が省けて良かったじゃろう」

「全く、本当に変わり者ですことっ」

サラージアさんはその言葉を華麗に無視すると、なぜか私に視線を寄越し、ニヤリと笑った。だが、すぐフィンディさんに向き直ったので、気のせいかもしれない。

「何じゃ、黒妃は呼んでおらぬのか」

ドキッ。再び心臓が跳ねる。

これから呼びにいこうとか言い出したらどうしよう。急いで部屋に戻って、着替えて……間に合うだろうか？

「それが、今日は具合が悪くて寝ているそうですわ。先程、黒妃様の部屋の前を通ったついでにお誘いしようとしたら、侍女がそう申しましたの」

ひいぃぃぃぃぃっ！

アスティさんかソフィアさんか分からないけれど、断ってくれて本当に良かった。

フィンディさんを一度部屋に入れたら最後、寝室まで入って来そうで怖い。いや、サラージアさんも断りなく入ってきそうだ。今まさに前例が出来ているところだし。

ベッドが空っぽなのを目撃されたら、もう言い逃れできない。私の清掃女中生命はそこで断たれてしまう。

「昨日の夜は疲れたじゃろうからの。無理もあるまいて」

「まっ、なんてことをおっしゃるの!? 破廉恥ですわ！」

フィンディさんが真っ赤になって怒った。サラージアさんはそんな彼女を見てクックッと笑っている。その様子を見て、二人が私と陛下の夜の営みについて語っているのだとようやく分かった。

「そのために王宮に来たというに、今更じゃな。次は妾の番かもしれぬぞ？」

「いいえ、次こそはわたくしを選んでもらいますわ！」

フィンディさんは拳を握りしめて息巻いた。「どっちが破廉恥なのじゃ」とサラージアさんが呆れている。確かに、陛下の夜の訪れを拳を握って待つご令嬢がどこにいるんだ。やっぱり二人とも少々変わっている。

「まあ、それは冗談として。最近頓に寒くなってきたからの。黒妃も風邪を引いたのじゃろう」

「確かに今年は随分と冷えますわね。わたくしたちは忙しい身なのですもの、風邪なんて引いてはいられないですわ。どうにかして予防できないかしら？」

フィンディさんが溜め息をつく。確かに二人は今後側妃として忙しい日々を送ることになるだろうから、風邪でも引いたら大変だ。

心の中でうんうんと頷いていると、なぜかサラージアさんがこちらを振り向いたので、私はまたもやドキリとした。

「そこの女中。そなた、良い予防法は知らぬかえ？」

するとフィンディさんが怪訝(けげん)そうな表情を浮かべた。

「なぜその方にお聞きになるんですの？」

「庶民の中には、妾たち貴族にはない知恵を持っている者がいるからじゃ」

「そうなんですの？　では、ぜひ参考までにお聞きしたいですわ」

そんな、おばあちゃんの知恵袋じゃあるまいし……

二人の視線が私に集中して、冷や汗が出そうになる。

「し……」

知りません。と言いかけて、私は口をつぐんだ。これは私が婚礼の儀の時に立てた目標である〝この国の人々に衛生観念を持たせる〟ということに繋がるのではと思ったからだ。

この二人は知り合いが多そうだし、側妃の発言は影響力が強いので、きっと瞬(また)く間に貴族の間に広まるだろう。

私はコホンと咳(せき)払いをすると、声色を変えて返事をする。

「うがいと手洗いが、風邪予防になると聞いたことがあります」

「ほう、それは興味深い。誰に聞いたのじゃ？」

そのサラージアさんの問いには大いに困った。うがいと手洗いの有効性など、この国の人は誰も知らないからだ。

仕方なく、私はこう答える。

「こ、黒妃様に、です」

「黒妃様なら異国のご出身ですから、わたくしたちが知らないことをご存じかもしれませんわね。でも、どうして手洗いとうがいが風邪予防になるんですの？」

「ええと、まず手洗いですが……手に汚れが付着していると、食事などを介して身体の中に入り込んでしまう可能性があるそうです。すると身体が拒絶反応を起こして熱が出るのだとか。それは手を洗うことで予防できます。うがいは呼吸の際などに口の中に入った汚れを洗い流す働きがあるそうです」

「じゃが、黒妃はそれをしていたにもかかわらず風邪を引いておるのじゃろう？」

「あ、あくまでも予防ですから……」

サラージアさんのツッコミにもどうにか対応すると、彼女はふむ、と頷いた。

「なるほど、一応は理に適（かな）っておるな」

「早速皆様にお伝えしなくてはなりませんわね」

サラージアさんとフィンディさんは感心した様子で唸（うな）る。どうやら私のうがい手洗い推進運動はうまくいきそうだ。これを機に、貴族だけじゃなく一般市民の間にも浸透すればいいんだけど。

ああ、呑気（のんき）に二人と会話している場合じゃなかった。この隙（すき）に逃げなければ！

「それでは、私はこれで失礼いたします」

今度こそ退室しようとすると、サラージアさんがすれ違いざまに小声で呟いた。

「貸し一（イチ）、じゃからの」

……ん？　何のことですか？

廊下を見回し、誰もいないことを確認した私は、急いで自分の部屋へと戻った。扉の前で名前を告げるや否や、扉が開いて部屋の中に引っ張り込まれる。

「アイーダ、さっきまでこっちは大変だったのよ！」

「ど、どうしたんですか？」

そう尋ねた私の声は、うわずっていた。だけど皆それどころじゃないようで、誰も私の動揺に気付かなかった。

ここで「そうみたいですね」とでも言おうものなら「何であんたがそんなこと知ってるの？」と問い詰められて、私が今までフィンディさんの部屋にいたことまで白状させられてしまう。そうしたら「余計なことをして正体がバレたらどうするんだ」と怒られるに違いない。

あっちで嘘をつき、こっちでごまかし、私は一体何をしているんだろう。

「赤妃様が急にここにいらっしゃってね、アイーダをお茶に誘いたいっておっしゃったの」

「アイーダさんは体調が悪くて寝ていますって言ったら、『お見舞いしますわ！』って言って強引に部屋へ入って来ようとしたんですよっ」

「そ、そんなことが」

「風邪がうつるかもしれないからと言って何とか帰っていただいたんだけど、生きた心地がしなかったわ」

三人に囲まれた上で口々に状況を説明され、目が回りそうだ。それだけ切羽詰まった状況だったんだろう。

「それはすみませんでした。……私のせいですね」

やっぱり、側妃と清掃女中の両立は難しいのかなあ。

アスティさんが難しい顔で何やら考え込んでいる。きっと仕事を辞めろと言い出すに違いない。一生衣食住に困らないとはいうものの、側妃はどうにもあやふやな立場だ。働いた分だけ毎月きちんとお給料がもらえる掃除の仕事を今後も続けていきたい。けれど、そんなのはただの我儘なのかもしれない。

私は覚悟を決めてアスティさんの言葉を待った。だけど、顔を上げたアスティさんが言った言葉は、思いもよらないものだった。

「ソフィア、あなた街へ買い物に行きたいって言っていたわね。明日行って来ていいわよ」

「えっ、いいの？」

「ただし、おつかいを頼むわ。黒髪のかつらを買って来てちょうだい。アイーダの髪形にそっくりなやつを」

「「「えっ？」」」

私たち三人の声が見事にハモった。アスティさんは私たちの戸惑いなど意に介することなく、驚きに目を見開くエルさんの肩をガシッと掴む。

「エル。これからアイーダが仕事で出掛ける時は、あなたがアイーダのふりをするのよ」

「わっ、私がアイーダさんの身代わりになるんですか？」

「そうよ。アイーダは少し病弱らしいという噂を流すわ。そうすれば、もし誰かがアイーダに会いに来たとしても、寝室で休んでいると言って追い返せるでしょう。仮に寝室まで入られてしまったとしても、あなたがかつらをつけて布団を被っていれば何とかごまかせるはず。……エル、できるわね？」

「はい、頑張りますっ。いやあ、実を言うと暇で暇でしょうがなかったんですよね～。何しろアイーダさんって着替えもほとんど自分でしちゃうし、何かあってもアスティさんがさっさと済ませちゃうし、部屋の掃除をするのにソフィアさんと私の二人も要らないし。ようやく私にしかできない仕事ができましたねっ」

「体型は胸以外かなり似ているけど、声は全く似てないわね。返事くらいはしないといけない場面もあるかもしれないわ。もっと抑揚をなくして、ゆっくり地味に話してみなさい」

……それはどういう意味ですかね？　引っかかる点が多すぎますけども。

「でも、アスティさん……いいんですか？」

彼女にとっては、私が仕事を辞めて大人しくしていた方が遥かに楽なはずなのに。私の我儘を叶えるために、どうしてそこまでしてくれるのだろう。

「仕事を続けるためだけに、あんなに必死で勉強しているのを見て、見直したのよ。側妃の地位にあぐらをかいて何も努力しない馬鹿女じゃないところを、ね」

……何か、さっきから微妙に痛い。アスティさんが毒舌すぎるからだろうか。

確かに、マナーだの貴族名鑑だのをこの短期間で覚えたのは、ひとえに掃除への執念からだ。掃除というニンジンを鼻先にぶら下げられなかったら、私という馬は走らなかったはず。

「ほんと、アイーダさんの努力にはすさまじいものがありましたよ。たまに部屋の隅でブツブツ呟きながら、白目むいてましたもんねっ」

「あれはちょっと……いや、かなり怖かったわよねぇ」

私、そんなことしてたっけ？　確かに部屋の中央に陣取るのは何か落ち着かないので、隅っこの方で貴族さんの名前を暗記していたのは事実だけど……怖い思いをさせてすみません。

「アスティさん、ソフィアさん、エルさん。……私、皆さんに侍女になってもらって、本当に良かったです。本当に本当に、心の底から感謝しています」

姿勢を正し、感謝の気持ちを下手くそな言葉に乗せて、頭を下げる。すると、アスティさんたちは三者三様に照れた。

「私たちの素晴らしさに今頃気付くなんて、遅いわよ」

「ま、ご主人様の要望に応えるのも侍女の仕事よね～」

「私、アイーダさんの代わりを立派に務めてみせますからっ」

皆に出会えて本当に良かったなあ、と思わず涙ぐみそうになった私に、アスティさんは冷たい一言を告げる。

「そうそう、かつらの代金はあなたの今月分のお給料から引いておくから」

……アスティさんは、どこまで行ってもアスティさんだった。

「やっぱり、お風呂は気持ちいいですね～」

はふぅ、と吐息を漏らして湯船に浸かる。部屋に暖炉はあるものの、冬はどうしても足先が冷たくなる。お湯の中で冷えた身体が徐々に温まっていくのは、最高の気分だ。

「アイーダさん、肩揉んであげますねっ」

「ありがとうございます、エルさん。わあ、上手ですね」

「えへっ。肩揉みは得意なんですよ～」

エルさんが力強く肩を揉んでくれるので、私は極楽気分だった。湯船に浸かったままマッサージを受けるのは、なんて贅沢なんだろう。

「エルさんもお風呂に入るでしょう？　確か今日はエルさんの番でしたよね」

「わーい、入ります入りますーっ！」

エルさんが嬉しそうに万歳をしてから、また肩を揉んでくれた。

侍女の私室にはお風呂が付いていないので、三人は私が入浴を済ませた後、毎日一人ずつ交代でお風呂を使っている。

自分の残り湯を使わせるのは申し訳ないけれど、三人はそれでも満足だと言う。私は熱々のお湯に入るのが好きなので、残り湯でも十分に温かいらしい。この世界の人にとって、お風呂はぬるま湯が常識なのだ。

街の湯屋はたまにしか開いていないため、休みが合わずなかなか行けないのだとか。そういえば清掃女中時代、意気揚々と向かった湯屋が閉まっていた時は、この世の終わりかと思ったっけ。毎日入浴できるようになった今では、ある意味良い思い出だ。……二度と戻りたくはないけど。

　でも、一度は皆で湯屋に行きたかったなあ。きっと楽しいに違いない。

　そんなことを考えつつ、熱いお湯と肩揉みの相乗効果でとろけそうになっていると、周囲の片付けをしてくれていたソフィアさんが「あら？　そういえば……」と声を上げた。

「どうしたの？　ソフィア」

　ボディケア用品の準備をしていたアスティさんが反応する。

「いや、大したことじゃないんだけど。陛下は跡をお付けにならないのね、と思って」

　その言葉を聞いて、アスティさんが私の身体をささっと点検した。

「確かにそうね」

「あと？」

　私もつられて自分の身体を見下ろす。そこには貧相な裸体(らたい)があるだけで、「あと」というのが何を指すのかさっぱり分からない。

　するとソフィアさんが、私の耳元で楽しそうに囁(ささや)いた。

「キスマークよ、キ・ス・マ・ア・ク！」

「き、きすまーく……」

　それはアレですか？　旦那さんのワイシャツに奥さんのものではない口紅の跡が付いていて、浮気が発覚してしまうという……はい、違いますね。さすがの私にも分かります。

　人体の一部を口できつく吸うことによって出来る、内出血ですよね。実物は見たことありませんが、高校の時、同級生が絆創膏で隠していたのを知っていますよ、ええ。

「陛下は跡を付けるのがお好きではないのかしら？」

知りませんよ。

「それより、やっぱり最初は痛いんですか？」

もっと知りませんよ。

私は何も言ってないのに、ソフィアさんとエルさんは勝手に盛り上がっている。

「私、アレを経験すると、もっと色っぽくなるものだと思ってました〜」

エルさん、それは遠回しに私に色気がないって言ってるんですか？

「アイーダは経験者になっても、こういう話がまだまだ苦手なのね〜」

ソフィアさんが顔を覗き込もうとするので、私は逃げるように反対側を向く。

居心地悪そうにしているのを見て察してくれたのか、アスティさんが他の二人を諌めた。

「エル、ソフィア。それくらいにしておきなさい」

「はーい、ごめんなさーい」

「ごめんなさいね、アイーダ。もう聞かないわ。でも、最後に一つだけ」

ようやくこの話題が終わりそうだと思って油断した私は、ソフィアさんに尋ねる。

「何ですか？」

「……夜の陛下って、どんな感じなの？」

もうまともに取り合っていられない。私はその問いに答えず、ざぶんとお湯に潜るのだった。

その日の夜、陛下は誰の部屋にも訪れなかった。側妃を迎えたからには毎晩誰かと夜を共にするんだろうと思っていたけれど、そうではないようだ。仕事が忙しいとか、疲れていてその気になれないとか、私には分からない理由があるのかもしれない。

侍女三人組が自室に戻った後、私は寝室にある机で字の練習をしていた。すると、どこからか物音が聞こえてくる。

コツ、コツ、コツ、コツ……

以前にも何度か聞いた音だ。あの時は正体不明の物音に不安になったけど、もう大丈夫。あの音の主は、常務さんに違いない。

常務さんは私が女中として回廊を掃除していた時、よく現れた猫だ。彼には何度お弁当のおかずを奪われたことか。でっぷりと太っているのであまり動かないように見えるけれど、意外とテリトリーが広いらしく、この部屋のバルコニーに現れたこともある。きっと今日も私の部屋で暖（だん）を取りに来たのだろう。

私はカーテンと窓を開けて、バルコニーにひょいと顔を出した。

「もう、常務さん。いつもいつも驚かさないでくださいよ……あれ？」

そこに常務さんの姿はなかった。あれだけ大きな身体だ、いたらすぐに気付くはず。だけどバルコニーには落ち葉一つなかった。

部屋の中に戻り、今度は廊下を覗く。音を立てないように注意したので、離れたところにいる警備兵さんはこちらに気付いていない様子だ。

廊下の左右を見渡してみたけれど、そこにも常務さんの姿はない。そもそも廊下には絨毯（じゅうたん）が敷かれているので、さっきみたいな音が鳴るはずはないのだ。

私は寝室に戻って、首を傾げた。

常務さんはどこへ消えたのだろう？　手すりを伝（つた）って、他の部屋に行っちゃったのかな？

いくら考えたところで答えは出ない。もしかしたら猫用の通路でもあるのかなと思い付き、常務さんだとお腹が引っかかっちゃいそうだな、と想像したら面白かった。

そんな楽しい気分のまま字の練習を続けていると、その日は思いの外（ほか）、捗（はかど）ったのだった。

◆◆◆

翌日、いつも通り変装して画廊を掃除し終えた私は、中庭を囲む回廊に向かった。清掃女中時代に磨（みが）いていた大きな回廊ではなく、私たちが住む宮殿の内部にある小さな回廊だ。

そもそもあまり人が訪れない画廊は、毎日掃除をするまでもない。そこでアスティさんから新たに与えられた掃除場所が、この回廊だった。

回廊の掃除ならお手のものだ。それに床をガシガシと思いっきり磨けるし、画廊と違って壊したら首が飛びそうなほど高価な壺（つぼ）や絵画もない。神経を使いながらする掃除は心が休まらず、いまいちスッキリしないのだ。

久々の全力仕事に、気持ちが高揚する。鼻歌でも歌いたい気分で床を磨いていると、目の前の床に影が差した。

「探したぞ」

「は、白妃様」

目線だけ上げると、そこには侍女さんを従えたサラージアさんが立っていた。偉い人が来たら端に寄って頭を下げなければならないのに、床ばかり見ていてサラージアさんが来たことに全く気付かなかった。

「申し訳ございません！」

勢いよく頭を下げて移動しようとした私に、サラージアさんは「良いのじゃ」と言って微笑む。

「遠くから見ておったぞ。よくもまあ、ちょこまかと熱心に働くものじゃと感心したわ」

「これが私の仕事ですから……」

「見上げたものよ。それで、そなたにちと相談があるのじゃが」

「はい？」

「昨日の赤妃の部屋のように、妾の部屋も掃除してもらえぬかのう」

「ですが、白妃様の部屋を掃除する者は、すでにいるのでは……」

「もちろん今日も担当の者が掃除して行ったがの、少々納得できんのじゃ。な？　いいじゃろ？」

「わ、私でお役に立てるか分かりませんし……」

「そなたがいいのじゃ。では早速参ろうぞ」

サラージアさんはそう言って、私の返事も聞かずに歩き出した。

王宮の清掃女中さんは皆優秀だ。その中でも宮殿という場所は選りすぐりの女中さんばかりなので、納得できないほど仕上がりがひどいというのはありえない。昨日のフィンディさんの部屋だって、細い溝以外の部分はとてもきれいに掃除されていた。

もしかしたらサラージアさんは、フィンディさん以上にきれい好きなのかもしれない。

とにかく、私は仕方なく彼女の後について行った。

私の部屋とは中庭を挟んで反対側にあるその部屋は、壁中に暗幕がかけられ、昼間だというのに薄暗く感じる。燭台の火が、そこかしこにある怪しげな置物を照らしていた。

南米や中東あたりで作られていそうな壺や、優勝カップのような形をした容器など、用途が分からないものばかり。フィンディさんの部屋がお姫様部屋だとすれば、サラージアさんの部屋は考古学者部屋だ。それか、魔女部屋とか。

サラージアさんが侍女さんたちに用事を言いつけて下がらせたので、今部屋にいるのは私たち二人だけだった。遠慮がちに部屋の隅の方まで視線を走らせてみたけれど、やはり掃除は隅々まで行き届いているようだ。

「実を言うとな、掃除のためにそなたを呼んだ訳ではないのじゃ。初めて会った時から、そなたとじっくり話してみたいと思っておったのでな」

「え……？」

サラージアさんの言葉に、私は戸惑いを隠せなかった。一介の清掃女中と話したいことって何なんだろう。そんな不安を抱いた私に、サラージアさんは微笑みながら爆弾を落とした。

「そなたは〝黒妃〟じゃな」

「……っ!!　ち、違います。私がそんな、黒妃様だなんて……」

突然正体を言い当てられてしまい、動揺しつつも急いで否定する。だけど、サラージアさんは「隠さなくても良いのじゃ」と言った。そして菫色の目をつぶって首を横に振る。

「皆は騙せても私には通用せぬ。そなたの〝色〟は黒妃と一緒じゃからな、すぐに気付いたわ」

「……色？」

「側妃行列の折に赤妃が言っておったであろう？　妾が呪いや占いに傾倒しておると。あれは中らずと雖も遠からずでな。妾には見えるのじゃ。その者が発している力が、色として。似たような色はあっても、全く同じ色の者はおらぬ。だから黒妃とそなたが同一人物だと分かったのじゃ。ああ、心配するな。このことを皆に吹聴するつもりはない」

「……では、なぜ私を呼んだのですか？」

尋ねてから、しまったと思った。今の問いは、サラージアさんの言葉を肯定するに等しい。

そんな私の心情を読み取ったのか、サラージアさんは「安心せい」と言って微笑んだ。

「一番の理由は、面白そうだからじゃ。妾は面白いことや珍しいものに目がなくての。そなたもそなたの侍女らも、見ていて面白い。ああ、平民出ということで軽視している訳ではないぞ」

軽視されているとは思っていなかったので、私は小さく頷いた。私たちはそんなに面白いだろうか？　という疑問は残るけれど。

「そういえば、赤妃のところの侍女。ブリジットといったか？　あの侍女は……」

「ブリジットさんがどうかしましたか？」

ブリジットさんは、昨日フィンディさんの部屋まで案内してくれた、仕事熱心な侍女さんだ。彼女がどうしたというのだろう。

「……いや、もう良い。じきに日も暮れる。部屋に戻るが良い。……その格好をしている時のそなたは、何と呼べば良いのじゃろうか？」

そっか、女中としての私には名前がない。この機会に決めておくべきか。アイーダという名前とあんまり違いすぎると呼ばれても反応できないので、そこまで遠すぎない名前がいい。

「……アイリス、でお願いします」

「アイリスじゃな、分かった。ではアイリス、またよろしく頼むぞ」

そこで、ちょうど用事を済ませたらしい侍女さんたちが戻って来たので、私は一礼して部屋を出て行こうとした。

その私の後ろから、サラージアさんの声が追いかけてくる。

「そなたには、もっと奥深い秘密があるようじゃ。まるで我々の想像を絶するほど遠くから来たかのごとく、変わった色をしておる。……いつか聞かせてくれると嬉しいがのう」

私は意味深なサラージアさんの言葉に、今度こそ震え上がった。

第二章　初めての夜に、事件が起きました

婚礼の儀の三日後。陛下が夜伽の相手に選んだのは、赤妃――フィンディさんだった。

廊下から複数人の足音がして、私は本を捲る手を止める。きっと陛下とお付きの人たちがフィンディさんの部屋へ向かっているのだろう。

この建物の構造上、陛下の部屋からフィンディさんの部屋に行くためには、どうしても私かサラージアさんの部屋の前を通らなければならない。今日は私の部屋の前を通ることにしたようだ。

やがて人の気配と足音が遠のき、再び静けさが訪れた。

私は持っていた本を再び読み始めたものの、集中力が切れたので、そっとテーブルに置いた。水差しの水を飲み、ソファにもたれかかる。

すると「陛下は今頃……」と絡み合う二人の姿を想像しそうになって、慌てて頭を振った。

陛下が誰と一緒にいようが、誰と子供を作ろうが、別に何の問題もない。むしろ私にとってはそちらの方がありがたかった。王妃様の心中を思うと胸が痛むけれど。

今日、アスティさんから「早いうちに三度、陛下と関係を持ちなさい」と言われた。側妃全員と一度ずつ関係した後は、陛下のお心一つで相手を選べるらしい。そうなったら何としてでも他の側妃さんより先に三度関係を持つように、とのことだった。

アスティさん曰く、人は身体の関係を三度持つと、相手に愛着が湧くんだとか。私は頷いてみせながらも、あの陰の陛下が他人に愛着を持つなんてありえないと思っていた。

何となく新鮮な空気が吸いたくなった私は、ひざかけとして使っていたショールを羽織って、バルコニーへ出た。

外は凍えるほど寒く、吐く息は白かった。曇っているせいで、星はほとんど見えない。その夜空が、今の私の気持ちを表しているようだった。

王妃様は、今頃苦しい思いをしているのだろうか。だとしたら陛下が私の部屋に来た夜も、苦しんでいたのだろうか。

くすくすくす……

どこからか女性の笑い声が聞こえてくる。あの声はフィンディさんだ。どうやら窓を開けているらしく、声が風に乗ってこちらに流れて来たみたいだ。

時折、侍女さんのものであろう別の笑い声も交じる。私の部屋へ来た時は無言でお酒を飲んでいるだけだった陛下が、あちらでは楽しく過ごしているようだ。

それは別に構わないのだけど、なぜかもやもやする。このままここにいれば、二人の睦言まで聞こえてしまうかもしれない。

……部屋に戻ろう。

私が肩にかけてあるショールを握り、踵を返した時にそれは起きた。

「きゃあああぁぁぁぁぁっ！」

「誰か来て！　誰か――っ!!」

耳をつんざくような女性たちの悲鳴が、宮殿中に響き渡る。

な、何……？

まるでホラー映画みたいな、恐怖に満ちた声。

急いで部屋に入ると、その後すぐ廊下の方が騒がしくなった。

「アイーダ、あなた大丈夫っ!?」

アスティさんが礼儀も何もかもかなぐり捨て、ネグリジェ姿で部屋に飛び込んできた。そのままの勢いで私のもとまで来ると、痛いくらいの力で肩を掴んでくる。

「何があったのっ？」

「わ、私じゃありません！」

そこで、ソフィアさんとエルさんも部屋に飛び込んできた。

「アイーダ、だ――」

「――いじょうぶです、私じゃありません」

「えっ？　こっちの方から悲鳴が聞こえてきたから、てっきり……」

三人は、今の悲鳴が私の部屋から聞こえて来たと錯覚したらしい。だとすれば、悲鳴が上がったのは、お隣のフィンディさんの部屋からに違いない。

私はアスティさんの手を肩から外し、廊下へ出て角を曲がる。すると、フィンディさんの部屋の扉がバタンと開いて、数人の侍女さんが転がり出て来た。そこへ悲鳴を聞きつけた警備兵さんたちも集まってくる。

「侍女殿、一体何が……？」

「陛下が、陛下がいきなり、け、剣を……！」

警備兵さんの腕に縋り、一人の侍女さんが涙ながらに訴えた。

陛下が剣を？　もしかしてフィンディさんに？　……何てことを！

「こ、黒妃様？　危険です、下がって……！」

私がいるのに気付いた別の警備兵さんが、慌てて引き止めてくる。その制止を振り切って、私はフィンディさんの部屋へ飛び込んだ。

すると、そこには思ってもみない光景が広がっていた。

部屋の中央には、先程話に聞いた通り、陛下が剣を構えて立っていた。しかし、その剣の切っ先はフィンディさんではなく、侍女のブリジットさんに向いている。

彼女が何か粗相をしたのだろうか？　私は咄嗟にそう思った。

ブリジットさんは状況を理解していないのか、戸惑ったような表情で立ち尽くしている。

フィンディさんは？　と思って室内を見回すと、ブリジットさんから少し離れた場所で床に座り込んでいた。その目は驚きと恐怖に見開かれている。

「その身のこなし……やはりお前、先日捕らえられた盗賊団の残党だな？」

陰の陛下が低い声で告げた言葉に、ブリジットさんは、はっとする。

「な、何のことでしょう。私は剣が恐ろしくて、反射的に身を竦ませただけで……」

「言い逃れできると思うな。昨日お前が宝物庫と画廊、並びに我の私室に忍び込んでいた事実は、すでに掴んでいる」

「――っ!!」

ブリジットさんが目を瞠り、次いで悔しそうに細めた。

忍び込んだ？　ブリジットさんが？　……何のために？

次々と与えられる情報に思考が追いつかない。陛下は一体何を言っているんだろう。

ブリジットさんは顔を歪めて笑い、そして、あろうことか侍女服を脱いだ。その下から現れたのは下着ではなく、黒くてタイトな男物の上下と長靴だった。この世界の女性としては、ありえない装いだ。

「そう、バレてるなら仕方がないね」

「ブリジット、あなた……」

震える声でそう口にしたフィンディさんに、ブリジットさんは一瞬で駆け寄り、隠し持っていたらしい短剣をその首に押し当てた。フィンディさんが声にならない悲鳴を上げる。

「ちょうど我儘で高慢ちきな貴族の相手をするのに、飽き飽きしていたとこさ。自分で金を稼いだこともないくせに、偉そうにしやがって。陛下、あたしの要求は二つ。一つは、牢に繋がれたあたしの仲間の解放。もう一つは――〝至上の宝玉〟だ」

「〝至上の宝玉〟？　あなた、何て恐れ多いことを……！」

「うるさい！　黙らないと力ずくで黙らせるよ。どう、陛下？　あたしの要求を呑まないと、この女がどうなっても知らないよ」

ブリジットさんは勝ち誇った笑みを浮かべる。

しかし次の瞬間、その笑顔が強張った。

「やりたければやれ。我は構わん」

「「「えっ？」」」

三人の声が見事に揃った。私とブリジットさんと、彼女に羽交い締めにされているフィンディさんの声だ。

フィンディさんは側妃であると同時に伯爵令嬢でもある。それなのに陛下は今、フィンディさんがどうなっても構わないと言い切ったのだ。

彼女が人質としての効力を持たないと知って、ブリジットさんがうろたえる。その瞬間を見逃さず、陛下は剣を振りかざすと、一切の躊躇なく振り下ろした。

ブリジットさんはフィンディさんを手荒に放り出し、短剣で受け止める。けれどその攻撃が思いの外重かったらしく、歯をぎりりと食いしばって腰を落とした。

「せ、赤妃様、こちらへ！」

この隙に逃げなければ、巻き添えになってしまう。恐怖で竦む身体を何とか動かし、私はフィンディさんに手を伸ばした。

フィンディさんがはっとして、私を仰ぎ見る。彼女は腰が抜けてしまったのか、必死で床を這ってきた。

「ああ、黒妃様……」

私はフィンディさんを優しく抱きしめ、背中を撫でる。彼女の身体はガタガタ震えていて、顔面は蒼白だった。私の腕にしがみつくその手から、彼女の恐怖が伝わってくる。

「赤妃様、外へ出ましょう」

「だめ、足が……」

やはりフィンディさんは、腰が抜けてしまったらしい。さすがに自分よりも背の高い彼女を一人で運ぶのは無理だ。

「誰か！」

私が声を上げると、アスティさんとソフィアさんが部屋に飛び込んできた。青ざめた表情から、二人も怖くて仕方がないのだろうと分かる。それでも私の呼びかけにすぐ反応してくれたことを、とても嬉しく感じた。だけど、今はそれどころじゃない。

「早く、赤妃様を外へ。そして私の部屋にお連れしてください」

「はい。……赤妃様、ご無礼をお許しください」

二人は頷き、フィンディさんを半ば引きずるようにして部屋の外へ連れ出す。警備兵さんは扉の外に立ったまま動けずにいた。こういう場面では、女性の方が肝が据わっているのかもしれない。

私も急いで外へ出ようと、立ち上がった時だった。

部屋の中からブリジットさんの呻き声と、床に倒れ込む音がした。振り返れば、肩を押さえているブリジットさんと、そのそばに転がっている彼女の短剣が見える。

それと同時に濃厚な血の匂いが漂ってきたので、私は慌てて目を逸らした。血は苦手なのだ。――特に人間の血は。

「警備兵！」

陛下が鋭く叫ぶと、ようやく我に返った警備兵さんたちが、弾かれたように部屋に駆け込んできた。そのうちの一人が、扉の横で身を竦めていた私を保護する。

残りの人たちは目を見開き、陛下とブリジットさんを交互に見ていた。その中で一番年かさの男性が、遠慮がちに口を開く。

「陛下、その者は……」

「この女を牢に連れて行け。手当てはギリギリまでするな。肩を斬りつけただけだ、死にはしない。まだ残党がいるのかどうか、その身体に聞いてやる」

陛下はそう言って、倒れているブリジットさんの肩を踏みつけた。彼女の喉から苦しげな声が漏れる。

これ以上、こんな場面を見ていられない。一刻も早くここから離れなければ。

私は警備兵さんを振り切り、その場から逃げ出した。

「アイーダさん……！」

廊下にいたエルさんが、私の姿を見て泣きながら抱きついてくる。「こんな大勢の人がいる前でそんな呼び方したら怒られちゃいますよ」と言おうとしたけれど、私のことを心配してくれていたんだと思うと、何も言えなくなってしまった。

部屋の外にはたくさんの人が集まっていて、サラージアさんの姿もある。皆が不安そうな顔をしている中、彼女だけはいつも通りの表情だった。

そういえば、サラージアさんはこの前、「赤妃のところの侍女は――」と何かを言いかけてやめた。もしかして、彼女は知っていたんだろうか？　ブリジットさんが盗賊団の一員だということを。知っていたのに、誰にも言わなかった？

サラージアさんは私の視線に気付き、口の端を少しだけつり上げた。けれど何も言わず、身を翻して去って行く。その顔に浮かんだのは、ひどく寂しげな微笑みだった。

エルさんと一緒に私の部屋へ戻ると、アスティさんたちが青ざめた顔で私を待っていた。二人は私の姿を見て、すぐさま抱きついてくる。

「何て危ないことをするの！」

「心配かけてすみません」

ソファにはフィンディさんが座っていた。自分の身体を抱き締め、下を向いている。

私はフィンディさんの侍女さんたちに、今日のところはこのまま各自の部屋へ下がってもらうように言った。それはフィンディさんが望んだことだった。部屋には戻りたくない、かといって他の部屋で一人で寝るのも耐えられない、と。

温かいお茶を淹れてもらってフィンディさんに勧めたけれど、彼女は飲もうとしない。部屋は十分暖かいというのに、小刻みに震えていた。

「……ブリジットは、五年ほど前からアローガネス家に勤めていた、優秀な侍女なのですわ……」

ポツリと零れ落ちた、フィンディさんの呟き。その声はとても小さく、耳を澄まさないと聞き取れないほどだった。誰に聞かせるともなく、ただ吐き出しているだけなのかもしれない。

「今回わたくしが側妃に選ばれたことも、自分のことのように喜んで……それがまさか、盗賊だったなんて……王国に、陛下に、楯突く（たてつく）なんて……ああ、何と恐ろしいことを……」

彼女を慰める言葉は、結局思い浮かばなかった。いや、今は何を言っても彼女の心を癒（い）やすことはできないだろう。私にできることは、ただ隣に座り、その手を握っていることだけだった。

その夜は、フィンディさんと一緒に寝ることにした。普段の姿からは想像できないくらい弱っている彼女を放ってはおけない。

灯（あか）りを消した後も、彼女が起きている気配がした。そればかりか、こちらに背を向け、声も出さずに泣いているようだ。

私は掛ける言葉もないまま、気付かないふりをし続けた。そして先程の事件を思い返す。陛下の言葉を聞いて、ある可能性に思い当たったからだ。

それは、あの人……ウィルフリートさんに関することだった。私が王宮に来るまで働いていた星見亭に、少しの間だけ滞在していた男性だ。

銀の髪と蒼（あお）い瞳を持っていて、かなりの美形。そして夜中に血だらけで帰ってきたり、夜の王宮に忍び込んだりと、怪しい行動が多い。

だけど私はなぜか、彼のことを皆に話せないでいる。それは、私が彼に恋をしてしまったからだった。

なぜ惹かれたのかは分からない。けれど、気付けば彼のことを考えている自分がいた。

「私があなたのことを黙っている代わりに、あなたは私の大切な人たちを傷付けないで」という約束をした夜、彼は今後について迷っていた私に、こう言った。「自分の信じる道を進め」と。

その言葉に後押しされ、私は彼のことを諦め、側妃になることを決意したのだった。

私は今まで、あの人のことをただの泥棒だと思っていた。だけど今夜の事件をきっかけに、見方が変わったのだ。

もしかして、彼はブリジットさんと同じく盗賊団の一員なのではないだろうか？

ブリジットさんは今頃、仲間の有無やその所在について尋問されているはず。もし彼女が、ウィルフリートさんのことを話したとしたら……

まさか、そんなはずがない。でも、もしそうなら彼の命が危ない。

ウィルフリートさん、あなたは今どこにいるの？　あなたも仲間の解放と、〝至上の宝玉〟というものを狙っているの……？

今夜はとてもじゃないけど、眠れそうになかった。

きっと私だけでなく、王宮中の人が眠れない夜を過ごしただろう、そんな夜だった。

◆　◆　◆

翌朝、私たちは昨夜の事件についての説明を受けた。

説明してくれたのは陛下ではなく、昨夜陛下に話しかけていた年かさの警備兵さんだ。寝ていないのか、憔悴した様子である。彼はソファに座る私とフィンディさんからかなり離れた位置に、片膝を突いたまま語り始めた。

ブリジットさんは、近年ロズシェイン王国全土で跋扈していた盗賊団、〝闇の蝙蝠〟の一員だという。〝闇の蝙蝠〟はその構成員ですら全貌が掴めないほど規模が大きく、各構成員が担当する仕事も多岐に渡るそうだ。

ブリジットさんの仕事はアローガネス伯爵家の侍女となり、お茶会や舞踏会で招かれた先の上級貴族が持つ財宝や、その家の見取り図などの情報を得て、盗賊団へ流すことだったらしい。

だが数ヶ月前、自警団によって〝闇の蝙蝠〟のアジトがいくつも暴かれ、多くの構成員が捕縛された。

そのため、フィンディさんと共に王宮に上がったブリジットさんは、牢に捕らえられた仲間を脱獄させようとしていたようだ。

けれど、欲を出して〝至上の宝玉〟や他の高価な芸術品まで手に入れんと画策したせいで、正体が露見してしまったのだとか。

〝至上の宝玉〟というのはその名の通り、この世で類を見ないほどの価値を持つ宝玉のこと。誰もがその存在を知っているけれど、誰も実物を見たことがないという、幻の宝玉らしい。

巨万の富を得られる守護石だとか、持ち主の命を奪う呪われた石だとか、とにかく色々と曰くつきで——何とその宝玉が今現在、この王宮のどこかにあるともっぱらの噂なのだそうだ。

そうか、私がフィンディさんの部屋を掃除することになった時、ブリジットさんが案内を渋っていたのは、画廊の美術品を見たかったからなのかもしれない。そうすれば夜にわざわざ忍び込むより危険が少なく、しかも堂々と品定めができる。

「彼女が王宮に来て、まだ数日でしょう？　これからいくらでも時間はあるんだから、焦らずじっくり攻めれば良かったのにねえ」

ソフィアさんが呟くと、警備兵さんは首を横に振った。

「制限時間を与えたので、彼女は焦って事を起こしたのでしょう」

「どういうことですか？」

私が尋ねたら、彼は更に詳しい事情を教えてくれた。

聞けば陛下たちは獄中の盗賊から得た情報によって、フィンディさんの侍女のうちの誰かが盗賊だということは、すでに分かっていたそうだ。でも、どの侍女さんなのかは分からなかったので、盗賊たちの間で用いられる隠語を使い、嘘の情報を流して反応を窺った。

その情報は、近々〝至上の宝玉〟を他国に譲渡するという内容だった。隠語を用いているために、他の人が聞いてもただの世間話にしか聞こえない。だが盗賊であるブリジットさんは、それが意味する内容にすぐに気付いた。

何しろ構成員ですら全貌が掴めないほど大きな盗賊団なのだから、隠語を使った相手をブリジットさんが仲間だと勘違いしてもおかしくない。その勘違いのせいで、彼女はまんまと馬脚を露わしたということのようだ。

そのブリジットさんの主人であったフィンディさんは、一晩経っても一向に元気にならず、むしろ悪化していた。年かさの警備兵さんが帰った後、ベッドに入って半身を起こしたまま、ぼうっと虚空(こくう)を見つめている。

お見舞いに来たサラージアさんは、寝室を覗いて首を横に振った。

「あれは重症じゃな」

居間に戻ってお茶を勧めると、サラージアさんは「良い香りじゃ」と微笑んだ。私と二人きりになりたいというので、お互いの侍女さんたちには席を外してもらう。

「何か聞きたいことがあるのじゃろう？」

単刀直入に聞かれて、私はためらいながらも口を開く。

「……もしかして、白妃様はこうなることを知っていたんじゃないですか？」

先日、サラージアさんはブリジットさんについて何かを言いかけてやめた。それに昨夜、集まってきた人々の顔は驚きと恐怖に満ちていたのに、サラージアさんだけは全く違う顔をしていた。……まるで全てを悟(さと)っていたかのような顔を。

「知る訳がなかろう。もし知っていたとしたら、妾(わらわ)は神じゃの」

「でも……」

「知りはしなかった。じゃが、予感はあった。あの者の放つ光が、時折濁(にご)っておったからの。何か問題を起こすのではないかと疑ってはおったのじゃ。まさか〝闇の蝙蝠(こうもり)〟の残党だとは思わなかったがの」

「そうだったんですか……。すごいですね、そんなことまで分かるなんて」

褒(ほ)めたつもりだったのに、その言葉を聞いた途端、サラージアさんの表情が曇った。けれど彼女はすぐに微笑む。それは昨夜見た、ひどく寂しげな微笑みと同じものだった。

「我が一族には、稀(まれ)にこうした不可解な力を持つ者が生まれるのじゃ。……幼い頃は何も考えず、見たままのことを周りに伝えておった。するとな、次第に皆の顔つきが変わっていった。人は誰でも他人に知られたくない秘密の一つや二つは持っているもの。それを言い当てられた者たちは、妾(わらわ)を疎(うと)み、嫌悪した。悪魔憑(つ)きと罵(ののし)られたこともある。……妾も幼かったからの、理由が分からず、よく陰で泣いたものよ。それでも何かの役に立てられれば、この力を誇りに思えたかもしれぬが……何かが起こるとは分かっても、何が起こるかは分からぬのじゃ。全く無力なことよ」

「白妃様……」

何と言っていいものか分からず困惑する私に、サラージアさんは「気にするでない」と言った。

「それからじゃな、妾がこのような言葉遣いをしたり、変わったものを収集したりするようになったのは。そうしておけば妾が何か妙なことを言ったところで、変わり者の戯言(ざれごと)じゃと思ってもらえる。それからは大分生きやすくなったぞ」

今ではこっちが地になってしまったわ、とサラージアさんは笑った。

趣味に生きる自由な人だと思っていた彼女にも、辛い過去があったのだ。何も知らなかったとはいえ、ひどいことを言ってしまった。

「あの事件が起きると知っていたなら、何で皆に知らせなかったんだろう。知らせておけば、フィンディさんがこんなに傷付かずに済んだかもしれないのに」と思った。心のどこかで、彼女を責めてしまったのだ。

謝らなければ――そう思って顔を上げた私に、サラージアさんはもう一度「気にするでない」と言った。

「そもそもお主に自分の力のことを教えたのは妾じゃからの。なぜだか、お主には言っておきたくなったのじゃ。自分を偽って以来、誰にも告げたことなどないというに。不思議なことじゃ」

おそらく彼女にとって、それは告解みたいなものだったのだと思う。告解室で神父さんに罪を告白するように、インターネットで顔の見えない人たちに悩みを相談するように、普段関わりのない人が相手の方が気安く打ち明けられることもあるのだろう。

それとも彼女は無意識のうちに、私が異世界人だと気付いているのか……。もしそうだとすれば、彼女の力は本物だ。

「しかし、赤妃のことは早急に何とかせんといかんな。あのキンキン声を聞くと頭と耳が痛うなるが、聞けぬとなると、それはそれで味気ない」

サラージアさんは前半は真面目に、後半はおどけて言った。

私も同じ気持ちだった。フィンディさんには、早く元気な声を聞かせて欲しい。

だけどその願いもむなしく、夜になってもフィンディさんは元気にならなかった。食事もスープを少し飲んだだけで、もういらないと言う。

無理もない。私もアスティさんたちに裏切られたら、きっと立ち直れないだろう。まだ彼女たちと出会って数ヶ月の私でさえそうなのだから、ブリジットさんと何年も一緒にいたフィンディさんなら尚更だ。

「やっぱりこのままじゃ、良くないと思うんです。せめて今夜はぐっすり眠ってもらいたいんですが……」

私は寝室で横になっているフィンディさんに聞こえないよう、居間でアスティさんたちに相談した。

フィンディさんは、昨夜ほとんど寝ていない様子だった。私は明け方には眠りについたけれど、目を覚ました時も、彼女は横で天井を見上げたままだったのだ。

侍女の三人も考えてくれたけれど、特にいい案は浮かばないみたいだ。するとアスティさんが逆に尋ねてくる。

「あなたは、どうしたらいいと思うの？」

私はうーんと唸り、「やっぱりアレですかね」と呟いた。

気分転換の方法なんて、私には二つしか思い浮かばない。ずばり、掃除かお風呂だ。とはいえフィンディさんは貴族のお嬢様出身なので掃除しないだろうから、選択肢は一つしかない。

私が思いついた計画を話してみたら、三人も賛成してくれた。

扉をノックしてから、私は寝室に入った。フィンディさんは相変わらず天井をぼうっと見つめている。私はなるべく明るい声で彼女に話しかけた。

「赤妃様。気分転換に、お風呂へ入りませんか？」

「……お風呂？」

フィンディさんは幼児のようにあどけない表情で私を見上げてくる。

「身体が温まれば、ぐっすり眠れますから」

少し考えた後、フィンディさんはコクリと頷いた。

「黒妃様も、ご一緒ですの？」

「わ、私は後で入りますので、お先にどうぞ！」

貧乳がバレたらまずいので断ったものの、フィンディさんは一人は嫌だと言い張った。だから、服を着たまま彼女の入浴を手伝うことにする。

アスティさんたちに身体を洗われている間も、フィンディさんは私の手を握って放そうとしない。

やがて私にとっては少しぬるめのお湯に浸かると、フィンディさんは、ほうっと吐息を漏らす。

その反応を見て、私の考えは間違っていなかったと思った。

お風呂から上がってバスローブを着せられた後も、フィンディさんはされるがままだ。

「赤妃様、あちらで肌のお手入れを」

そこでようやく私の手を放し、アスティさんたちに連れられて浴室を出ていった。

フィンディさんが肌の手入れをしてもらっている間に、エルさんに頼んで湯船に熱いお湯を足してもらい、私も入浴する。

「あ～、気持ちいい～！」

湯船に浸かった途端に、魂からの叫びが迸る。

やっぱりお風呂はいい。身体だけでなく、心までほぐしてくれる。フィンディさんがいるので完全なすっぴんにはなれないのが辛いところだが、彼女の心情を考えれば些細なことだ。

灯りを消してもらい、二人でベッドに入る。しばらくするとフィンディさんの方から寝息が聞こえてきて、私は安心した。

明日は部屋の外に連れ出してみよう。サラージアさんと三人でお茶会なんてどうだろう？　フェンディさんがあまり会話に参加しなくても、周囲の人たちが楽しくおしゃべりしているのを見れば、少しは気が晴れるかもしれない。

昨日の夜は寝不足だったせいか、私も早々に眠りについた。


どこからか猫の鳴き声が聞こえた気がして、私は目を覚ました。

部屋は真っ暗で何も見えない。隣にいるフィンディさんは深く寝入っているのか、とても静かだ。

そんな静寂の中で耳を澄ませば、確かに猫の鳴き声が聞こえてくる。

私はフィンディさんを起こさないように起き上がると、寝室を抜け出し、逸る気持ちのまま急いでバルコニーに出た。

あの鳴き声は、常務さんに間違いない。低くて可愛げのない、でもどこか甘えている感じの声。

きっと今、常務さんのそばには――彼がいる。

私は建物の中に戻って上着を掴むと、部屋の入り口を飛び出した。

ふかふかの絨毯（じゅうたん）が足音を消してくれるのをいいことに、廊下を走る。そんな側妃らしからぬ行動に出た私を見て、すれ違った警備兵さんがあんぐりと口を開けた。

宮殿の入り口に立つ警備兵さんが、驚いた様子で問いかけてくる。

「こ、黒妃様、どちらへ……？」

「ごめんなさい、猫を探しに。すぐ戻りますから、来ないでくださいっ！」

口早にそう告げると、私は後ろを振り向くことなく外へ飛び出した。

やがて立ち止まって上着を羽織（はお）り、私は耳を澄ます。

どこ？　どこにいるの？

常務さんの鳴き声は周囲の建物に反響していて、居場所を特定するのが難しかった。それでも人がいそうな場所や明るい場所を避けながら歩くうちに、私は樹木が密集している林のような場所へ辿（たど）りついた。

間違いない、常務さんの声はここから聞こえる。

「常務さん？」

呼びかけてみるが、返事はなかった。それもそのはず、今まで常務さんと呼びかけて返事をもらったことはない。

そっちがその気なら、こっちだって負けませんよ。

「タマ」

そう呼ぶと、植え込みの陰から「ぶみっ」という鳴き声がした。私は「よしっ」と心の中でガッツボーズをする。理由は分からないものの、やはり常務さんはタマと呼ばれるのが不満なようだ。

植え込みの向こうへゆっくりと歩いていくと、やはりそこには白くて大きな猫が、しっぽをゆらゆらさせながら佇(たたず)んでいた。左右で色の違うオッドアイが闇夜に光っている。

私はしゃがみ込んで常務さんを数回撫でてから、立ち上がって周囲を見回した。

……誰もいない。

「ウィルフリートさん……?」

返事はない。気配もない。だけど私は彼がそこにいると信じ、暗闇に向かって呼びかけた。

「ウィルフリートさん、あなたが近くにいることは分かっています」

しばらく待っていると、奥の方の木陰から彼が姿を現した。

銀の髪に、深い蒼(あお)の瞳。その服装は闇(やみ)に溶け込みそうな漆黒(しっこく)の上下だ。――ブリジットさんが着ていたのと同じ。

「なぜ」

彼が短く問う。

「なぜここにいることが分かった?」それとも、「なぜお前がここに来た?」

彼が尋ねているのはどっちだろう。いや、その両方に違いない。

最初の問いの方が答えやすいので、そちらから答えることにした。

「常務さ……いえ、猫の鳴き声を聞いて、あなたがここにいると分かりました」

するとウィルフリートさんは、眉を寄せて常務さんを見遣(みや)る。

私は半ば確信していた。ウィルフリートさんはブリジットさんの仲間、つまり盗賊団〝闇の蝙蝠〟の残党なのだと。

あの夜、星見亭に血だらけで帰ってきたのは、自警団に見つかって、彼らと戦ったからに違いない。きっとあの服についた血は、仲間か自警団の人のものだろう。

だから、彼は王宮に現れたのだ――仲間を助けるために。

彼が盗賊団の一員なら、言わなければならないことがある。

私は彼を見上げて息を吸い込んだ。これを言うために、ここまで来たのだ。

「今日は、あなたに文句を言いに来たんです」

私の口から出たのは、低くて硬い声だった。ウィルフリートさんの目をしっかり見ながら、私はなじる。

「あなたは、約束を破りました」

「……約束？」

「誰も傷付けないと、約束したじゃないですか」

以前、ウィルフリートさんと約束したのだ。誰も傷付けないと約束してくれるのなら、私も彼のことを告げ口しないと。

だけど、彼はその約束を破った。私は腹が立っていて、そしてとても悲しかった。彼のことを信じていたからだ。

「俺は誰も傷付けていない」

「ブリジットさんのせいで、フィンディさんが傷付きました。身体じゃなく、心が。きっとあなたたちのせいで、他にも多くの人が傷付いているはず。そんなのは嫌なんです。だから、お願いします。これ以上、誰も傷付けないでください。私の持っているものなら何でも全て差し上げますから、だから……！」

ウィルフリートさんは眉を寄せたまま、黙って私の話を聞いている。

ああ、私は何を言っているんだろう。きっと私が持っているものを全部合わせても、その価値は彼が求めている〝至上の宝玉〟とは比べものにならないだろう。

その時、遠くで誰かの足音が聞こえた。息を殺して耳を澄ますと、その足音が遠ざかっていく。

多分、見回りの警備兵さんだ。

——時間がない。

足音が完全に消えたことを確認し、私は再び口を開く。

「だから、お願いです。早くここから出ていってください！」

「……何？」

「今、ここで大きな騒ぎが起きていることを、知らない訳じゃないですよね？」

「……もちろん知っている」

ウィルフリートさんは怪訝（けげん）な顔をしている。私が何を言いたいのか見当もつかないといった様子だ。当然だろう、私だって自分が何を言っているのか分からないのだから。

だけど、どうしても彼に言いたいことがあった。だから私はウィルフリートさんに近付き、その腕を掴んで強く揺さぶる。

「だったら諦めてください！　仲間の解放も、〝至上の宝玉〟も。諦めて——早く、今すぐ逃げてください！」

私の口から飛び出した言葉に、私自身が一番驚いていた。何でこんな支離滅裂なことを言っているんだろう。大切な人たちを傷付けて欲しくないのなら、ウィルフリートさんには捕まってもらった方が安心だ。それなのに逃げろだなんて、まったく逆のことを言っている。

だけどこの自分の言葉で、ずっと感じていたもどかしさの原因がようやく分かった。

そうか。私はウィルフリートさんに死んで欲しくないんだ。たとえ陛下を、そしてこの国の人たちを裏切ることになっても。

だから、ここに来たんだ。その想いこそが、私を突き動かしていたんだ。

今朝説明してくれた警備兵さんは言葉を濁していたけれど、きっと今、ブリジットさんは拷問を受けている。もしウィルフリートさんが捕縛されれば、彼女と同じ道を辿るのは明らかだった。

死んで欲しくないのは、彼が元々知り合いだったから？　星見亭のお客さんだったから？

——彼のことが、まだ好きだから？

ううん。これはただ単に、異世界人である私の偽善なのだろう。

ウィルフリートさんはたくさんの人を殺し、たくさんのものを奪って来たのかもしれない。そうだとしたら、命を奪われても仕方ない。

……でも。だけど。

死なないで。二度と会えなくてもいいから、どこか遠くで生きていて。

そう願う気持ちが、私の中に確かにあった。

二人の間に沈黙が流れる。やがてその沈黙を破ったのは、ウィルフリートさんの方だった。

「……お前の持ちものなら何でも寄越すと言ったが、国王から与えられたものがほとんどだろう。勝手に他人に譲渡するのは、不敬罪にあたる」

「そ、そっか……」

確かにその通りだ。シグルトさんにもらったものもあるけれど、陛下にもらったものの方が明らかに多い。それを勝手に人にあげたら、怒られるどころじゃ済まないだろう。

側妃三人の中で私のものだけ盗賊に盗まれたとか言ったら怪しすぎるし、女中の給料……じゃ少なすぎるし、えーと、どうしよう。

「そんなことより、この場を誰かに目撃でもされれば命はないぞ」

「やっぱ、そうですかね……」

恐れていたことをはっきり言われ、私は自分の軽はずみな行動を振り返って青くなる。

また後先考えずに突っ走ってしまったけれど、これは陛下への反逆行為だ。誰かに見つかる前に、早く部屋へ戻らなければ。

そこで、背後からいきなり声をかけられた。

「黒妃様」

「えっ？」

突然の出来事に、私の心臓が跳ねる。振り返ると、見覚えのある騎士さんが立っていた。側妃披露の儀で一人だけ張りつめた空気を醸(かも)し出していた、背の高い騎士さんだ。

彼がすぐ近くにいたことに、全く気付かなかった。一体いつの間に来たんだろう。ううん、そんなことより……

――見られた。

私の後ろにはウィルフリートさんがいる。騎士さんが、それに気付いていない訳がない。

もうダメだ。すぐにウィルフリートさんは捕まり、牢に入れられてしまう。

そして私の方は？

猫を探しに来たら不審者がいた――そんな言い訳が通るだろうか。それ以前に、ウィルフリートさんとの会話を騎士さんに聞かれていたとしたら、私は一巻の終わりだ。盗賊団の内通者として投獄されてしまう。

アスティさん、ソフィアさん、エルさん、ごめんなさい。私のせいで皆まで不名誉な疑いをかけられるかもしれない。

それにシグルトさん。私の養父である彼への悪影響も免(まぬか)れない。あんなにお世話になったのに、彼の政治家生命を断(た)ってしまうかも……ううん、もっと悪ければお家(いえ)取り潰し、なんてことも……

騎士さんがこちらに視線を戻したので、私は身構えた。曲者(くせもの)だと叫んで他の警備兵さんを呼ぶのか、それともウィルフリートさんと私を、自ら斬り伏せるのか。

ごくりと喉(のど)が鳴る。

「警備兵らが、黒妃様がお戻りにならないと言って心配しておりました。ご無事で何よりです。僭越ながら、お部屋まで警護いたします」

「——え？」

騎士さんの口から思ってもみない言葉が出てきたので、ぽかんと口を開けてしまった。彼の顔には、驚きも戸惑いも一切見られない。その目は、確実にウィルフリートさんを捉えていたはずなのに。

もしかして、暗すぎて見えなかったとか？　まさか、そんなこと有り得ない。現に先程まで、私にはウィルフリートさんの姿がバッチリ見えていたのだから。

では、なぜ？

「猫はどちらに？　黒妃様は猫を探していらっしゃったと聞きましたが」

「あ、ひゃい、この茂みの奥に……」

思わず声が裏返ってしまった。

そうか、猫を口実にしてここまで走ってきたのだから、常務さんを連れていかないと不審に思われてしまう。

急いで茂みに駆け寄って、常務さんに呼びかけた。

「常務さん、一緒に私の部屋へ行きましょう。暖かいですよ」

常務さんは当然のように私を無視したけれど、沈黙を了承と見なして私は手を伸ばす。

予想以上に重かったものの、よろめきながらも何とか抱き上げることができた。

「では参りましょう」

騎士さんは踵(きびす)を返し、私を先導してきびきびと歩き始めた。

「はい……」

返事をしながらこっそり後ろを振り返ると、そこにウィルフリートさんの姿はなかった。

あれ？　私、夢を見ていた訳じゃないよね？　まるで狐につままれた気分だ。

「黒妃様」

「は、はいっ」

騎士さんに呼ばれ、私は慌ててその後を追う。

それにしても重いな、常務さん……

抱っこするのが辛くなって、米俵(こめだわら)みたいに肩に担(かつ)ぐ。

林を抜けると、月明かりが騎士さんの背を照らした。私は思わず「あっ」と叫びそうになる。その後ろ姿に見覚えがあったからだ。

あれは、私がまだ清掃女中だった頃。今日と同じく夜中に鳴き声が聞こえたので、常務さんを探して外へ出た。そしてウィルフリートさんと再会したのだ。

あの時、彼は誰かと会話を交わしていた。相手はすぐに闇夜へ消えてしまったけれど、私はその後ろ姿をはっきり見ている。それは目の前を歩く、この騎士さんの後ろ姿と同じだった。

側妃披露の儀の時、どこかで見たことがあると思ったのは、そのせいだったんだ。

ということは、この人は盗賊団の内通者？

……何で今まで気付かなかったんだろう。ウィルフリートさんが内通者の協力もなしに王宮へ忍び込むなんて、到底無理だ。ここの警備はそんなに緩くない。

私は騎士さんから少し距離を取った。

彼も盗賊団の一員なのだろうか。まあ側妃の侍女になる盗賊もいるくらいだから、騎士になる盗賊がいてもおかしくはない。

そういえば、側妃披露の儀の時、陛下がこの騎士さんに何かを命じていた。陛下が直接声をかけるのはごく限られた人のみ。つまりこの人は陛下にとって、腹心の部下と思われる。

彼に裏切られている陛下のことを思うと、胸が痛くなった。私もウィルフリートさんに忠告することで陛下を裏切ってしまったから、余計に心苦しい。

そんな私の思いを知ってか知らずか、騎士さんは前を向いたまま話しかけてきた。

「差し出がましいこととは存じますが、今後あのような行動は控えた方がよろしいかと。もし目撃されでもしたら、口さがない者たちに不義密通かと騒がれるでしょう」

「ふ、不義密通？」

それはつまり、浮気ということだろうか？　盗賊団の内通者だと疑われることは覚悟していたけれど、まさか浮気を疑われるとは思わなかった。

「違います！　私はそんなことしていません！」

「分かっています。ウィルのことを助けようとしてくださったのですね。感謝いたします」

やはり騎士さんは、ウィルフリートさんと通じていたんだ。おまけに、彼を愛称で呼ぶほど親しい間柄だったとは。

そしてどうやら、それを隠すつもりはないらしい。かといって、私を脅したり口封じしたりする気配もない。私が告げ口すれば、この人の身も危ういというのに。

聞きたいことは山ほどあるけれど、言葉にならない。逆に騎士さんが、私に質問してくる。

「なぜ、とお聞きしてもよろしいでしょうか？　黒妃様に得があるとは思えませんが……。やはり、あの容姿に惑わされましたか？」

私はゆっくりと首を横に振った。

「確かに整った顔をしているとは思いますけど、だから助けたいという訳じゃありません。……実は以前、少し関わりを持ったことがあるんです。彼は、私が働いていた宿屋のお客様でした」

「まさか、それだけで？　そんなに態度の良い客だったのですか？」

「それが全然。昼過ぎまで起きてこないから食事の用意がちっとも片付かないし、いつも偉そうだし、無愛想だし、注文もどれでもいいと言うし、非常に困ったお客様でした」

そこまで言って、無愛想なのはお互い様かと思った。でも、私はあそこまでじゃないと思いたい。笑顔は作れないけど、挨拶やお礼といった最低限の礼儀は心得ているつもりだ。

「では、なぜ？」

「私がホルスさん……あ、宿屋のご主人なんですが、ホルスさんの料理の感想を聞いた時、彼が『美味しい』みたいなことを言ったんですよ。たったの一度ですけど。それに、奥さんのベリンダさんに花をくれたんです。道で子供が売っている、小さい花束を」

「花売りは、貧しい子供の生業（なりわい）ですからね」

その言葉に、私は頷いた。

道で花を売るのは、まだまともに働けない十歳未満の子供がほとんどだ。花束一つでせいぜい百ロジスくらいだろうし、セトルヴィみたいな田舎町で売ったところで花を買う人などめったにいない。

だから、たとえ押し売りされたとしても、ウィルフリートさんが花を買ったというのはとても意外だった。私への態度から考えると、小さな子供の手を払いのけてでも断りそうなのに。

「そんなことで……って、自分でも思います。だけど嬉しかったんです。ホルスさんの料理を褒（ほ）めてくれたことが。ベリンダさんに花をくれたことが」

きっとあの花は気まぐれに買っただけ。そして単に不要になったから、ベリンダさんに渡しただけなんだろう。……だけど。

「ご自分が親切にされた訳でもないのに、あなたは変わっていらっしゃいますね。……ああ、失礼いたしました」

「いいんです。よく言われますから」

その言葉に、騎士さんは少し笑った。笑うと眉が下がって優しげな印象になる。その笑い方を、最近どこかで見たような気がした。

ようやく宮殿の入り口に辿（たど）りついた。どうやらかなり遠くまで来てしまっていたらしい。無我夢中で走っていたから気付かなかった。

入り口の警備兵さんが、ほっとした様子で話しかけてくる。

「黒妃様、ご無事で……。お戻りが遅いので、心配しておりました」

「ごめんなさい、猫がなかなか見つからなくて」

私は身体を捻(ひね)り、肩に担(かつ)いでいる常務さんの顔を見せた。

「その猫ですか。これはまたずいぶん不(ぶ)……貫禄(かんろく)がある猫ですね」

警備兵さん、不細工(ぶさいく)と言わなかったのは賢明ですが、「貫禄がある」も褒め言葉には聞こえませんよ。ああ、常務さん、怒って尻尾(しっぽ)を逆立てないでください。そしてあまり動かないでください。私の腰が抜けてしまいます。

騎士さんと一緒に宮殿内に入ると、背後から警備兵さんたちの会話が聞こえてきた。

「側妃様たちは変わった方ばかりだなぁ」

「白妃様も相当だが、黒妃様はその上を行くな。我儘(わがまま)な赤妃様が可愛らしく思えてくるぜ」

確かに、夜中に猫を探して宮殿から脱走する側妃なんて、私だけだろう。サラージアさんより変人だと言われたのは少し心外だけど、仕方がない。

「申し訳ありません、後できつく叱っておきますので」

別に彼らが自分の部下という訳でもないだろうに、騎士さんは済まなそうに頭を下げた。この人は意外と苦労性なのかもしれない。傍若無人(ぼうじゃくぶじん)な態度を取るウィルフリートさんに振り回されている画(え)が浮かんだ。

やがて私の部屋に辿(たど)りつく。

「送っていただいて、ありがとうございました」

私がお礼を言うと、騎士さんは「いえ」と言って何やら口ごもった。

「黒妃様のウィルに対する気持ちは……」

「え？」

「……いえ、何でもありません。では失礼いたします」

彼は折り目正しくお辞儀をして、踵(きびす)を返す。

「あ、待ってください。騎士さんのお名前は……？」

咄嗟(とっさ)に声をかけると、彼はその場で立ち止まった。そして「シェルドガー・ディケンスと申します、黒妃様」と言って、今度こそ立ち去る。

シェルドガーさんは、最後まで私に口封じをしなかった。

「ぐにゃあ〜」

「ああ、ごめんなさい常務さん。寒いですよね」

常務さんの抗議の声で我に返った私は、急いで部屋の中へ戻った。

とりあえず飲み水をあげて、濡らしたタオルで足の裏を拭(ふ)いてやる。

寝室に入ると、フィンディさんはぐっすり眠っているようだった。

常務さんがソファを経由してベッドに上(のぼ)り、下の方で丸くなる。それを確認して、私もベッドに潜(もぐ)り込んだ。そして、さっきまでの出来事を振り返る。

色々理由を付けたものの、本当はただ、もう一度彼に逢いたかっただけなのかもしれない。まるで忘れるなとでも言うかのように、時折私の前へ姿を現す、謎めいたあの人に。

……忘れると誓ったのに。もう二度と会わないと決めたのに。

自分で決めたことが守れなかったのは、生まれて初めてだ。

彼が悪者だということは分かっている。陛下がそんな彼を罰するのも当然だと、頭では分かっている。でも、心が追いつかない。

私にはウィルフリートさんもシェルドガーさんも、悪い人には思えない。ウィルフリートさんを捕まえようとする陰(いん)の陛下の方が、私にとっては悪者に思えた。

これからどうなるんだろう、私はどうすればいいんだろう。

そんなことを考えながら、身体が温(ぬく)もるにつれて、私の瞼(まぶた)は次第に重くなっていった。

「う、う~ん……」
翌朝、近くから誰かの呻(うめ)き声が聞こえて目が覚めた。声のする方を見ると、フィンディさんが目を閉じたまま苦しげな表情を浮かべている。
どうしたんだろうと思って視線を下げてみれば、何とフィンディさんの胸に、常務さんがででんとのっかっていた。
ちょ、常務さん、何してるんですかっ。そりゃフィンディさんが苦しがるはずですよっ!

慌てて常務さんを引きずり下ろすと、彼は不満げな鳴き声を上げる。

いやいやいや、その抗議は不当です。あなたはフィンディさんを殺す気ですか？

そこでフィンディさんが目を覚ました。半身を起こし、不審そうにお腹のあたりを擦っている。

「お、おはようございます。大丈夫ですか？　赤妃様……」

「ひどい夢を見ましたわ……。大きな岩に身体を押しつぶされる夢ですの」

それは明らかにこの漬物石（ネコ）のせいだ。彼に目をやると、我関せずといった様子で大あくびをしている。

「何なの、その猫。……不細工ですわね」

見た瞬間に不細工と言い放ったフィンディさんを、常務さんが威嚇する。そして不貞腐れたのか、さっきまで私の寝ていた場所に寝そべった。まだ寝るつもりのようだ。

「目は綺麗なんですよ。左右で色が違うんです」

そうフォローしたものの、常務さんがしっかり瞼を閉じているせいで、その瞳を見せることは叶わず……私はひどく居心地の悪い思いをすることになった。


「失礼いたします。フィンディ様、アイーダ様、朝でございます」

入り口の扉がノックされ、アスティさんたちが入ってきた。

彼女たちに手伝ってもらい、顔を洗ったり着替えをしたりしてから朝ご飯になるのだ。

寝室までやってきた三人は、ベッドの上に我が物顔で寝っ転がっている常務さんを見つけて声を上げた。

「何でここにいるの、デブ猫」

「あら、丸ちゃんじゃない」

「あーっ、ぶーちゃんだ！」

三人が別々の名前で常務さんを呼んだ。どうやら常務さんは、結構有名らしい。

「アイーダ、どうしてデブ猫がここにいるの？」

「えっと、よ、夜中に鳴き声が聞こえて……」

「そういえば私も聞いたわ。寒いから勝手に入って来ちゃったのね。厳戒体制がしかれているというのに、警備兵は何をしているのかしら」

アスティさんがプリプリしながら言い、私は肩を縮こまらせた。私が宮殿から脱出したことは、まだ彼女の耳には届いていないらしい。

確かにあのブリジットさんの事件からこっち、宮殿には以前より多くの警備兵さんが配備されている。そのこともあって、ウィルフリートさんとの密会を目撃されていないか不安だったんだけど、今のところ噂（うわさ）にはなっていないようだ。騎士のシェルドガーさんが、うまく取り計らってくれたのかもしれない。

「今日は特に冷え込みましたもんね。アイーダさん、雪が降ってるって知ってましたか？」

「えっ、雪？　あ、本当ですね……！」

窓に駆け寄ると、ちらほらと白い雪が舞っていた。

このロズシェイン王国は、冬はかなり冷え込むものの、雪はあまり降らないと聞いていた。だから雪化粧をした木々を見て、私は目を瞠る。

日本にいた時、住んでいた都市では雪がほとんど降らなかったので、雪を見ると自然とテンションが上がってしまう。でも積もりはしないだろうとアスティさんたちが言うので、とても残念に思った。

「子供は元気でいいわねえ。私なんて、寒くて寒くて」

「年を取るとすぐに風邪を引いてしまいますから、二人とも気をつけてくださいねっ」

エルさんの言葉で、ソフィアさんとアスティさんのこめかみに青筋が浮かぶ。二人の名誉のために言っておくが、どちらもまだ二十代だ。だけど十六歳のエルさんから見たら、かなり年上ということになる。

エルさんは何で二人が怒っているのか分からないとでも言うように、小首を傾げた。悪意がないからこそ余計に質が悪い。

私は慌てて声を上げた。

「あの、手洗いとうがいをちゃんとすれば、風邪を引きにくくなりますよ！」

「アイーダ、それフォローになってないから」

ソフィアさんに低い声で言われ、私はすぐさま「ごめんなさい」と謝る。私もまだまだ修行が足りないみたいだ。

侍女さんたちと私が気軽な会話をしていることに、フィンディさんは驚いていた。でも、「私たちは最初からこういう関係だったんです」と説明すると納得してくれた。

きっと三人も場の雰囲気を盛り上げるために、敢えて気安い話し方をしてくれたのだろう。だけどフィンディさんは、ふう、と溜め息をついた。

「わたくしも、侍女とこんな風に会話をしていれば良かったのかもしれませんわ。侍女は話し相手などではなく、わたくしの命令を聞くために存在する者とばかり思っておりましたもの。だから信頼関係が築けず、あんなことに……」

「赤妃様……」

私はフィンディさんの手に自分の手をそっと添える。すると彼女は私の目を見て、寂しそうに微笑んだ。

湿っぽくなった空気を一掃するかのように、アスティさんが手をパンッと叩く。

「さあ、朝食にいたしましょう。アイーダ、そのデブ猫は私が外へ連れていくわ」

寒空を見上げて、こんな日に外に出すのは可哀そうだなと思った。だから私は、アスティさんに恐る恐るお願いしてみる。

「……あの、この猫を飼ってはダメでしょうか？」

「それは陛下に確認してからじゃないと……もしかしたら、動物がお嫌いかもしれないし」

「それなら多分、大丈夫です。どちらかというと好きだと思います」

前に陽の陛下が常務さんに遭遇した時、特に拒絶反応は起こしていなかった。むしろ陛下は手を差し出して、常務さんに無視されていたっけ。

陰の陛下の方はどうか分からないけれど、彼が私の部屋に来ること自体もうなさそうだし、おそらく問題ないだろう。

アスティさんは私の言葉を聞いて少し考えた後、「ちゃんと世話をするのよ」と言ってくれた。ソフィアさんとエルさんは、手を合わせて喜んでいる。

「丸ちゃんの朝ご飯も用意しなくっちゃ！」

「ぶーちゃんミルク飲みますかね～？　お腹壊しちゃうかなあ」

「ミルクでお腹を壊すんですか？」

私が尋ねると、エルさんが説明してくれた。全ての猫に当てはまる訳ではないけれど、稀に牛乳でお腹を壊してしまう猫がいるんだとか。常務さんは大丈夫だろうか。

「大丈夫よ、そのデブ猫は」

アスティさんがいやに自信ありげに言った。私たちが注目すると、アスティさんはみるみる顔を真っ赤にする。そして「ミルクとお皿を持ってくるわ」と急いで部屋を出て行った。

「あれは、ミルクをやったことがあるみたいねえ。意外だわ……」

「鬼の目にも涙ってやつですねっ」

エルさん、それちょっと違う気がします。そして本人の前では絶対に言わないでくださいね。

なにはともあれ、常務さんは無事にうちの子となった。

私たちの朝食と共に運ばれてきたミルクを、常務さんはものすごい勢いで飲み始めた。まるで吸引力抜群の掃除機のようだ。

「ぶにゃっ」

瞬く間にミルクを飲み終えた常務さんは、皿をていっと弾いてゴロンゴロンと回転させる。

「きっと、おかわりを要求しているんですわ」

彼の飲みっぷりに目を丸くしていたフィンディさんが、そう言った。エルさんがミルクを追加すると、常務さんはまたすごい勢いで飲み始める。

その様子を見たフィンディさんは姿勢を正し、フォークを手にとってサラダを口に運ぶ。昨日はスープしか飲まなかった彼女が固形物を口にしたので、私たちは驚いた。

「……その猫を見ていたら、これじゃダメだと思いましたの。お父様が謹慎している今、いつまでも落ち込んでなんかいられませんわ。ねえ、そうでしょう？」

「それでこそ赤妃様です。焼きたてのパンも、どうぞお召し上がりください」

ようやくショックから立ち直ろうとしているフィンディさんに、アスティさんたちが給仕をし始めた。

彼女の父親であるアローガネス伯爵は、ブリジットさんを侍女として王宮に上げたことに責任を感じて、出仕を控えているそうだ。紹介所を通してブリジットさんを雇った彼には何の落ち度もないし、むしろ被害者だと思うけれど、そうもいかないらしい。

フィンディさんはパンだけでなく、果物も食べてくれた。このまま行けば、彼女の元気な声が聞ける日も近そうだ。常務さんのおかげかと思うと、何だか複雑だけれど。

とはいえ、私たちは落ち込むフィンディさんを見守ることしかできなかったので、常務さんが来てくれて本当に良かったと思う。

午後にはサラージアさんが部屋を訪れ、更には陛下と王妃様までがフィンディさんのお見舞いに来てくれた。

陛下は何と、陽の陛下の方になっていた。いつの間に人格が入れ替わったのだろう。

明らかに以前とは態度が違う陛下に、サラージアさんとフィンディさんは驚きを隠せないようだった。いや、驚いているのはフィンディさんのみで、サラージアさんは「これはこれは……面白いのう」と笑みを浮かべている。

やはり、彼女たちは陛下が二重人格だということを知らなかったらしい。シグルトさんが知っているんだから、同じ大臣である彼女たちの父親も知っているはずなのに。もしかして、教えたら側妃になるのを嫌がるとでも思って、秘密にしていたのだろうか。

もう大丈夫だと告げたフィンディさんに、陛下と王妃様はほっとした様子を見せる。彼女に何度か話しかけた後、二人は私の方を向いた。

「やあ、アイーダ。久しぶりだね」

「会いたかったわ、アイーダさん。もっと早く会いに来たかったのに、公務が立て続けにあって来られなかったの」

王妃様は仕事が忙しい陛下の名代として、色んな催しに招待されるのだそうだ。だけどそれによって気が紛れているのか、その表情は以前よりも明るい。

陽の陛下ともうまくいっているようで、二人は仲睦まじく寄り添い合っている。他の側妃さんには悪いけれど、これはお世継ぎの誕生も時間の問題かもしれないと、私はこっそり安堵した。

これであとは、私の快適お風呂ライフが続くことを祈るのみだ。側妃のお役御免とばかりにここを放り出されたら、また夜中にこっそり厨房で髪と身体を洗う生活に逆戻りである。

「そうそう。ベネトリージュ卿が、君のことをとても心配しているみたいだよ。例の事件があってから宮殿への立ち入りを一時的に禁じているけれど、手紙を預かっている」

陛下が胸元のポケットから手紙を取り出したので、お礼を言って受け取った。陛下を伝書鳩代わりにするなんて、シグルトさん大物ですね……。

「今は世間も盗賊団の話で持ちきりだそうだ。でも討伐隊が残党を一掃すれば、じきに騒ぎも収まるだろう。もうしばらくの辛抱だよ」

「皆様も不安でしょうけれど、もうしばらく我慢してくださいね」

眉を下げて謝る王妃様に、私たちは慌てて「そんな」と手を振った。特にフィンディさんは、「元はと言えば私の侍女のせいですのに」と平身低頭しそうな勢いだ。

しばらく皆と会話を交わした後、陛下と王妃様は静かに部屋を出て行った。

その途端、私は二人の側妃さんに囲まれてしまう。

「ちょっと、陛下は一体どうなっているんですの？」

「なぜあんな面白いことを黙っていたのじゃ」

陛下の事情を私が勝手に話してしまってもいいんだろうか？　でももう彼女たちはその目で見て

しまったのだから、今更隠すことはできない。どうして二重人格になったかという経緯だけ秘密にしておけば、それ以外は話してもいいだろう。

「えーと、陛下は二重人格のようなんです。一つめの人格はこれまでの冷酷な陛下で、二つめの人格はさっきみたいな朗らかな陛下です」

ちなみに私は〝陰の陛下〟と〝陽の陛下〟と呼び分けています、とも説明する。

「変わった方だと思ってはいたけれど、外見だけじゃなく内面も変わっていらっしゃるのね……！」

そう驚嘆するフィンディさんは、すっかり元の彼女に戻っていた。陛下の変化を目の当たりにしたことが、ある意味ショック療法になったのかもしれない。

「果たして……」

「え？」

サラージアさんが何か言いかけたので、私は聞き返した。

「いや、何でもない、独り言じゃ。しかし、この側妃生活、鳥籠に閉じ込められるようなものだとばかり思っておったが、なかなか興味深いことばかりじゃの。この先も楽しみじゃ」

サラージアさんは、心底嬉しそうに笑った。

……何がそんなに気に入ったのか分からないけれど、嬉しそうだからまあいいか、と私は自分を無理やり納得させる。私に向けられる彼女の眼差しに少し寒気を覚えたのは、きっと気のせいだ。

「そういえば猫がいると聞いたが、どこじゃ？」

サラージアさんの言葉で常務さんの存在を思い出した私は、寝室を覗いた。陛下たちが来るというので、失礼があってはまずいと思い、隠しておいたのだ。

常務さんは、ベッドの真ん中でいびきをかいていた。まるで自分の場所だとでも言わんばかりにびろんと伸びている。私の寝るスペースさえ奪ってしまいそうな勢いだ。

もっと端っこで寝てくださいよ、と思いながら少し押してみたけれど、常務さんはビクともしない。むしろ邪魔すんなと威嚇してくる始末。わ、私のベッドなんだけどな……

「これはこれは、良い面構えをした猫じゃの。名は何というのじゃ？」

常務さんを見て褒め言葉を口にしたのは、サラージアさんが初めてだ。でも、彼女の判断基準は面白いかどうかなので、本当の意味で褒めているのかどうかは謎だった。

サラージアさんの質問に「常務さんです」と答えようとして――ふと考える。

彼の剛胆さは、もう常務の器に収まらない。モコモコした冬毛も、まるでどこかの富豪のようだった。

私は大きく息を吐き出してから、一気に吸い込み、彼の新しい名前を高らかに発表する。

「彼の名は――社長さんです！」

それは、私がベッドの所有権を彼に明け渡さざるを得なくなったことをも意味していた。

「シャッチョッサンとは、また呼びにくい名じゃの」

私の発音が悪かったのか、サラージアさんは夜のお店で働いている、外国人のお姉さんみたいな言い方をした。

「社長です、白妃様」

そう訂正したものの、社長さんは何と呼んでも返事をしないのだから、もう名前なんて何でもいい気がしてきた。

「おお、シャチョーよ。お主の瞳は珍しい色をしておるの」

サラージアさんが、社長さんにちょっかいをかけはじめた。しっぽを掴んだり引っ張ったりして、相手に威嚇されるのを楽しんでいる。

すると、その様子を見ていたフィンディさんが、毅然とした態度で私に向き直った。

「わたくし、自分の部屋に戻りますわ」

「え……？」

「もちろん部屋に戻るのは、血で汚れた絨毯が張り替えられてからですけれど。朝も言った通り、わたくしがいつまでも落ち込んでいては、我がアローガネス伯爵家の危機は救えませんもの！」

フィンディさんは拳を握りしめて叫び、自分の侍女さんたちを呼びつけた。

「確か、お茶会の招待状がいくつか来ていたわよね？　全てに出席の返事を致しますから、紙とインクを用意して頂戴！」

その声で、周囲の侍女さんたちがざわざわと動き始めた。その中の一人から部屋の絨毯はすでに張り替えられていると聞いたフィンディさんは「なぜ早く言わないの？」と侍女さんたちを叱責しながら部屋へ戻って行く。

フィンディさんは完全に復活した……いや、前よりもパワーアップしていた。

「さっきまでの、しおらしい赤妃がよかったのう……」

その後ろ姿を見ながら、サラージアさんが残念そうに呟いた。新たな火種になりそうなので、その言葉は聞かなかったことにする。

自分も用事があるので帰ると言うサラージアさんを見送った私は、ソフィアさんと一緒になって、部屋の中を徹底的に掃除した。

今までフィンディさんが私の部屋にいたため、清掃女中の仕事も自然と休業状態になっていたのだ。その間はエルさんが女中アイリスになりすまして、代わりに行ってくれていた。

ということで、私の掃除欲は極限まで高まっている。

無心で掃除を終えると、アスティさんが着替えを用意して私を待っていた。特に外出の予定はないはずなのに、と首を傾げていたら、「今日は温室の方でお茶にしましょう」と言われ、問答無用で着替えさせられた。

お茶をするだけならこの部屋で十分だし、外は寒い。おまけに王宮には先日の事件のせいでピリピリした雰囲気が漂っている。とてもじゃないけれど、温室で楽しくお茶を飲む気分にはなれなかった。

「こういう時だからこそよ。あの事件以来、皆が不安を抱えて毎日を過ごしているわ。あなたが優雅にお茶を飲むことで、皆に日常を取り戻させるの。それも上の者の務めでしょう？」

アスティさんにそう諭されて、私はなるほどと頷いた。側妃が呑気にティータイムを楽しむことで、それを見たり聞いたりした人たちは、「もう危険は去った」と安心するのだろう。そんなこと、私一人なら絶対に思いつかなかった。もう何度目になるか分からないけれど、アスティさんがいてくれて本当によかったと思う。

エルさんは回廊の掃除に行ったきりまだ帰って来ていなかったので、私は書き置きを残し、アスティさんとソフィアさんと三人で部屋を後にした。

一階のホールへ降りると、アスティさんが警備兵さんに「温室へ行きたいので、行き帰りの警護をお願いします」と申し出た。やはり私たち三人だけでは不安だったに違いない。

警備兵さんは快諾(かいだく)してくれ、メンバーを募り始めた。侍女の二人が美人なせいか、警備は一人か二人でいいと言ったにもかかわらず、立候補する人が多い。

そこで、騎士服の男性が入り口から入って来た。何とシェルドガーさんだ。

彼は私たちに気付くと颯爽(さっそう)とこちらに歩いてきて、騎士の礼を取る。

「黒妃様、何か問題でもございましたでしょうか」

「黒妃様が、温室へ行きたいとおっしゃっています。そのため、行き帰りの警備をお願いしておりました」

私の代わりにアスティさんが答えた。たとえ相手が私に話しかけてきたとしても、侍女さんが応答するのが決まりらしい。直接答えた方が早いのにな、と思いつつも、私は黙ってシェルドガーさんの言葉を待った。

するとあろうことか、シェルドガーさんは「では僭越(せんえつ)ながら私が同行致しましょう」と言って私たちを驚かせる。

王宮内の温室に行くだけなのに騎士さんが同行してくれるなんて、普通ならありえないからだ。

「騎士様がご一緒なら、私たちも安心でございます。どうぞよろしくお願いいたします」

内心驚いているはずなのに、さすがと言うべきか、アスティさんは何でもないように言った。

いやいや、むしろその人と一緒の方が危険かもしれませんよ。

そう言いたいのはやまやまだったけど、それを言うと私の脱走話に発展しかねない。だから私は貝のように押し黙る。

その気持ちを察してくれたのか、シェルドガーさんは私と知り合いだという空気を一切出さず、まるで初対面かのように接してくれた。


温室は王宮のはずれにある。中に入るとほんのり暖かく、冬なのに美しい花々がたくさん咲いていた。

中央部分は天井が透明なドーム状になっていて、薄青(うすあお)の空が見える。その下には洒落(しゃれ)たテーブルと椅子が置いてあり、そこでお茶が飲めるようになっていた。

この温室ではハーブも育てているらしく、今日はそれを使ったハーブティーを飲むことにした。爽(さわ)やかな味がして、頭と身体の中がすっきりした感じがする。

「何か贅沢(ぜいたく)な気分ですね」

とはいえ貧乏性なので、少し居心地が悪かった。シェルドガーさんの前ではアスティさんとソフィアさんも侍女としての態度を崩さないため、私は更に身の置きどころがない。

さっさとお茶を飲んで部屋に戻ろうと思い、まだ熱いそれを一気に飲み干そうとした時だった。

「黒妃様、ご一緒にお菓子はいかがですか？」

背後から馴染み深い声が聞こえ、まさかという思いと共に振り返る。

すると思った通り、太陽のように輝く黄色い瞳を持つ人がいた。私は驚きに目を見開き、相手の名を呼ぶ。

「ジェイクさん！」

「アイーダ、久しぶり！　元気そうだな。……あ、黒妃様って呼んだ方がいいか？」

そう言いながら、彼はシェルドガーさんにちらりと視線を遣った。シェルドガーさんは、先程までと同じ真っ直ぐな姿勢で立っている。

不義密通だと思われますよ――彼がそう忠告してくれたのは昨夜のことだ。

違うんです、ジェイクさんとは、やましいことは何も……ないとは言いきれないのが辛い。でも不義密通とかではないんです、誤解しないでください、とここで言い訳するのも変だろうか。ああ、どうすれば。

そんな私の心の内を見抜いたのか、ソフィアさんが口を開く。

「あら、私たちがお茶会をしていたら、料理人が偶然ハーブを摘みに来ただけです。何の問題もありませんわ」

ソフィアさんは笑顔で言い切った。温和に見えて意外と策士ですね。

どうやらジェイクさんを呼んだのは、彼女たちのようだった。

「私には与り知らぬことでございます」

シェルドガーさんはわずかに微笑み、「少し周囲を確認して参ります」と言って私たちから離れていった。空気を読んで、気をきかせてくれたらしい。

監視の目がなくなったので、私たちは全員テーブルについてお茶とお菓子を堪能した。

ジェイクさんはお菓子担当ではないはずだけど、その腕前が確かなものであることは、一口食べればすぐに分かった。サクサクした生地に果物のジャムをのせたパイは、ハーブティーとよく合う。

私が感想を言うと、ジェイクさんは嬉しそうに笑って鼻の下を擦った。

「ジェイクさん、先日はお弁当をありがとうございました。相変わらず、すごく美味しかったです。卵焼きもちゃんと巻かれてあって、感動しました」

「だろ？　俺の昼飯を食べないなんて――」

「ありえない、ですよね」

もう何度目か分からない言葉のキャッチボールをしたら、心が軽くなっていくのを感じた。側妃になってからというもの、毎日色々なことが起きて、こういう風にリラックスできる時間はなかった気がする。

それに、ウィルフリートさんのこともある。彼のことを黙っているのはよくないんじゃないか、それは周りの皆を騙しているのと同じじゃないか……という考えが、私の心を曇らせていた。

もしかして、アスティさんとソフィアさんはそんな私の気持ちを汲み取って、このお茶会を計画してくれたのだろうか。

私はお茶を片手に談笑する二人を、感謝の気持ちを込めて見つめた。

その時――

「ちょっとおっさん、いくら嬉しいからってはしゃぎすぎ」

そう文句を言いながら、二つ結びの女の子がぴょこんと姿を現した。

「リジィさん！」

リジィさんは清掃女中時代の後輩だ。最初は仕事をサボってばかりいたけれど、私と仲良くなってからは積極的に仕事をするようになり、今では私の代わりに回廊の掃除を担当してくれている。

ジェイクさんはまだ二十歳で若いのに、なぜかリジィさんは彼のことを「おっさん」と呼ぶ。それはツンデレな彼女なりの、甘え方なんだと思う。

「久しぶり。あんた側妃になったくせに、服以外は全然変わってないんだね」

ああ、このぶっきらぼうな言い方も懐かしい。

嬉しすぎて抱きつくと、「鬱陶しいな」と言いながら手を払われた。相変わらず照れ屋なんだから。

しばらく皆で久々の会話を楽しんでいたら、リジィさんが「一緒に温室内を回ろう」と誘ってきた。しかも、二人きりがいいとのこと。

不思議に思いながらも了承してついていくと、リジィさんは立ち止まって何かを言いかけ、そしてまた歩き始める、という行動を何度か繰り返した。

何か聞きたいことがあるけれど、どう切り出せばいいか分からない、といった風だ。そこで話の糸口になればと、私から話しかけてみることにした。

「仕事はどうですか？　それと、少し身長が伸びましたね」

「ちゃんとやってるよ。身長だって伸びるに決まってるでしょ、縮むはずないんだからさ」

はきはきと返事をした後、リジィさんはようやく決心したのか、声を潜めて言う。

「ねぇ、アイーダ。あんた、盗賊の女を見たって本当？」

一瞬、興味本位で聞いているのかと思ったけれど、その目は真剣そのものだった。

「はい。それが何か？」

「……ここに傷痕なかった？　鉤裂きみたいな傷痕が」

リジィさんがこめかみ辺りを指差したのを見て、私はブリジットさんの姿を思い浮かべた。

侍女姿のブリジットさんは前髪を下ろしていた。だけど正体がバレた時、彼女は侍女服を脱ぎ、髪をかき上げたのだ。その時、こめかみの辺りに少々引きつれた傷痕が、確かにあった。

「ありました」

私が頷くと、リジィさんは「やっぱり」と呟く。何かを諦めたような、悲しんでいるような、とても複雑な表情を浮かべていた。

しばらく経ってから、リジィさんは口を開く。

「名前と年格好を噂に聞いて、もしかしてと思ってたんだ」

「お知り合いなんですか？」

「……うん。昔の……ロレア時代の仲間だった。その人は最年長で、よく世話になったものだよ。

掏摸が得意でさ、あたしにその技を教えてくれたんだ。ああ、もちろん今はやってないから安心して。……ある日あたしが財布を掏ったら、持ち主に見つかってさ。殴られそうになったのを助けてもらったことがあって、あの傷はその時にできたものなんだ」

「そうだったんですか……」

ロレアというのは、リジィさんが昔住んでいた貧民街のことだ。そこで彼女は数人の仲間たちと、かっぱらいや置き引きをして生活していたという。きっと私には想像もできないほど過酷な環境で過ごしてきたのだろう。

そんな中で世話をしてくれる人がいたら、親しみを覚えないはずはない。皆にとってブリジットさんは犯罪者だけど、リジィさんにとっては良いお姉さんだったのだと思う。

「それからしばらく経って、あの人は姿を消したんだ。きっと掏摸の腕を買われて盗賊団に誘われたんだろうね。あの人が捕まったって噂を聞いて、思ったんだ。一歩間違えば、今回の事件を起こしたのはあたしだったかもしれないなってさ。……人生、何が起きるか分かんないもんだよね」

リジィさんは何でもないことみたいに言って、近くに咲いていた花に指で触れた。ブリジットさんとの思い出を振り返っているのか、花を見つめていながらも、どこか遠くを見ているかのようだった。

リジィさんのお母さんはロレア出身だけど、お父さんは男爵という爵位を持つ貴族だった。幼い頃にお母さんを亡くしたリジィさんは、大きくなってから老いた男爵に引き取られ、行儀見習いとして王宮で働いているのだ。

ロレアでの苦しい生活から一人だけ抜け出したリジィさんには、残してきた皆に対して申し訳ないという気持ちがあるのかもしれない。

私はリジィさんの手を強く握る。

「身勝手かもしれませんが、私は事件を起こしたのがリジィさんじゃなくて良かったと思います。リジィさんには、いつでも笑っていて欲しいですから。だから……リジィさんにとっては不本意かもしれませんが、ここに来てくれて本当にありがとうございます」

「何言ってるかよく分かんないけど……ちょっとだけ救われた。……ありがと」

小さな声でお礼の言葉を口にしたリジィさんを、私は再び抱きしめた。強く、そして包み込むように。

「痛いよ、馬鹿じゃないの」

リジィさんはそう悪態をつきながらも、今度は私の手を振り払わなかった。


元の場所に戻ると、他の三人が何やら盛り上がっていた。

「ああアイーダ、ちょっと聞いてよ。今ね、ジェイクが初めてここに来た時のことを話していたのよ～」

「あの時のジェイクは荒れていたわね。何しろ……」

「ちょっ、それ以上は言うなっ！　いや、言わないでくださいっ」

昔話をし始めたアスティさんとソフィアさんを、ジェイクさんが必死で止めている。三人はずっと前から王宮に勤めているため、話題が尽きないようだ。

というか、荒れてたって……ジェイクさんが？　今の彼からは想像もできない。

そこで、リジィさんが楽しそうにニヤリと笑った。

「おっさん、あたしはおっさんに女装癖や露出癖があっても、気にしないよ」

「えっ!?　ジェイクさん、そうなんですか？」

「ちが――――う！　アイーダ、誤解だっ。全て誤解なんだっ」

ジェイクさんが私に向かって弁解し始めた。

もちろん、リジィさんが冗談を言っているのは分かっている。女性陣にいいようにからかわれているジェイクさんが面白くて、話に乗ってみただけだ。

それが伝わったんだろう。ジェイクさんは「勘弁してくれよ、アイーダまで」と言って眉尻を下げた。皆が声を上げて笑うのを見て、私も嬉しくなる。

「でも良かった。アイーダが全然変わってなくて」

困り顔から一転、ジェイクさんが眩しそうに目を細めた。さっきリジィさんにも同じことを言われたけれど、そんなに変わっていないのだろうか。嬉しいような嬉しくないような、複雑な気持ちになる。

「実は今日ここに来るまで、少し心配だったんだ。すっかり変わってしまっていたら、どうしようってさ」

「え……？」

「分かってる。ずっと変わらないものなんかないんだってことは。だけどアイーダは……変わってない。もちろん前より更に綺麗になっているけど、何ていうか……根っこの部分が同じなんだ。俺が好きになった、アイーダのままだ」

「ジェイクさん……」

真っ直ぐ告げられた想いに、頬が熱くなる。

「キモッ」

「はいはい、そうやってすぐ二人の世界に入っちゃうのはやめてね～」

「それ以上は全力で止めさせてもらうわよ、私たちの将来のためにも」

三人のストップが入ると、ジェイクさんが「ちぇっ、ちょっとくらいいいじゃん」と拗ねてから、すぐに皆と一緒になって笑い出した。

それからは、また全員で他愛もないおしゃべりを楽しむ。

「そうだ、アイーダ。アレどうなった？」

女性陣が流行りのドレスについて夢中で話している時に、ジェイクさんがこっそり尋ねてきた。

彼の言う「アレ」が手紙のことを指しているのはすぐに分かった。私が女中をしていた頃、星見亭のベリンダさんや近所に住んでいたナタリシアさんに手紙を書きたいと言って、ジェイクさんに文字を教わっていたからだ。あれから読む方には困らなくなってきたけれど、書く方はまだ自信が持てない。

「一応書けたんですが、少し不安です」

「そっか、それなら今度見せてよ」

「いいんですか？」

「うん、アイーダがよければ。今度弁当箱の底にでも入れておいて」

「ありがとうございます！」

「いいっていいって。俺がしてあげたいだけなんだから」

そう言ってまた鼻の下を擦(こす)ると、ジェイクさんは腰を上げた。

「俺、もう仕事に戻んなきゃ」

そろそろ夕食の準備を始めないといけないそうだ。名残(なごり)惜しいけれど、仕事なら仕方がない。

ジェイクさんを全員で見送った後、仕事を終えたエルさんが、置き手紙を読んでやってきた。

「入り口にいる騎士様、めちゃくちゃかっこいいですね～」

赤く染まった頬を両手で包むようにしながら、エルさんは黄色い声を上げた。

確かにシェルドガーさんは整った顔をしている。だけど目つきが鋭いせいで、少し近寄りがたい雰囲気があった。

「硬派で、礼儀正しいところがいいわね」

アスティさんが同意したので、私は思わず驚いてしまった。皆も目を丸くしている。

「何よ、私が男を好きにならないとでも？」

いいえ、滅相もございません。アスティさんだって男の人を好きになることもありますよね。好きに……ごめんなさい、やっぱり想像できません。

「ソフィアさんは？　ソフィアさんも、あの騎士さんのような男性が好みなんですか？」

「ん～、ちょっと若すぎるかしら。私はどっちかというとベネトリージュ様の方が好みね～」

ベネトリージュ様って、シ、シグルトさん？　ソフィアさんとは、軽く二十歳は離れていそうだ。

ないとは思うものの、もしソフィアさんが義理のお母さんになったらどうしよう。嫌ではないけど、変な気分だ。

「ねえ、陛下ってどんな人？」

突然リジィさんに聞かれて、私は答えに詰まった。

まだ陛下のことをそこまで知っている訳ではない。私はどう答えようか迷った。

「……不思議な人です」

結局、私に言えたのはそれだけだった。

陽の陛下は何も考えていない風に見えて、意外と細かいところに気が付く。また、明るくふるまうその裏に、何かの影がちらついているのを感じることがあった。もしかすると一筋縄ではいかないというか、底の知れない人なのかもしれない。

陰の陛下の方は……もっと底が知れない。せめて彼の目を見られれば少しは感情が読めるかもしれないけれど、その目は仮面の陰に隠れてしまっている。

冷酷なのかと思えば、誰かとの約束を守る義理堅い一面もあって……どうにも実態が掴めない。

リジィさんは私の短い返事を聞き、不満げな表情を浮かべている。

すると私をフォローするかのように、アスティさんが口を開いた。

「確かに不思議な方ね。だけど私は陛下のこと、嫌いじゃないわ。ううん、むしろ好ましく思っているわ」

「ええっ⁉　アスティったら、陛下のことが好きなの？」

ソフィアさんが食いつくと、アスティさんは「馬鹿ね、意味が違うわよ」と呆れ顔で否定した。

「陛下が即位されてから、この国は変わったのよ。それまで国政は、地位だけあって中身の伴わない貴族たちが担っていたの。国民の税金を使って贅沢するような奴ばかりだったわ。陛下は彼らを完全に排除し、今みたいに能力のある者を登用し始めたの。ベネトリージュ様もその一人よ。とはいえ今は貴族ばかりだけれど、そのうち教育制度が整えば、きっと貴族以外からも登用されるでしょうね」

そういう点で私は陛下を尊敬しているのだ、とアスティさんは締めくくった。

陛下が政治に力を入れていると知って私が感心していると、話題は陛下の仮面のことへと移っていく。

「陛下って、どんなお顔なのかしらね～。アイーダは見たの？」

「いいえ、見ていません」

私の答えに、皆はガッカリした表情を浮かべる。

「あっ、私分かります！」

エルさんが手を上げたので、私たちはぎょっとして彼女に注目した。

「エル、それ本当？」

「いつ見たの？　どこで見たの？」

皆がエルさんに詰め寄ると、彼女は私に視線を向けた。

「アイーダさんも見ましたよね？　画廊に飾ってある、あの肖像画！　陛下の双子のお兄さんが描かれてるじゃないですか！」

私たちが掃除をしている画廊には、王族の肖像画が飾られている。そのうちの一枚には白髪頭の前陛下と金髪の前王妃様、そして同じく金の髪をした陛下のお兄さんが描かれていた。

陛下とそのお兄さんは双子として生まれた。だけどこの国では双子は不吉とされているので、弟である陛下は生まれてすぐに命を奪われそうになったという。

けれど前王妃様が「どうか命だけは」と前陛下にお願いしたおかげで命が助かり、陛下は辺境の地に住む貴族に引き取られた。その数年後に兄王子が病気で亡くなり、前王妃様も後を追うかのように亡くなってしまったのだ。

跡継ぎがいなくなったため、前陛下は弟王子――つまり今の陛下を王宮へ呼び戻した。その際、逆上した陛下は前陛下を殺してしまったのだそうだ。それが原因で二重人格になったと、シグルトさんから聞いている。

「ああ、あれなら私も見ました。でも……赤ちゃんでしたよね」

私の言葉に、皆が「なぁ～んだ」と脱力した。

「そんなの見たうちに入らないじゃん。馬鹿じゃないの？」

「え～、赤ちゃんでも双子なんだから同じ顔でしょう？　めちゃくちゃ可愛い赤ちゃんでしたもん、きっと陛下も美形なんですよっ」

いや、赤ちゃんの時は可愛くても、大きくなるとアレな人は結構いますよ。確かに前陛下も前王妃様も美形だったみたいだけど、美男美女の子供は意外と可愛くなかったりもしますし。それに双子と言っても一卵性か二卵性か分かりませんし。

そんな諸々の言葉を私は呑み込んだ。

「へー。ま、どうせ見られないんだからどっちでもいいか。陛下なんて顔が悪くても権力さえあればいいしね。そういや、陛下っていくつなの？」

「リジィ、あなたはもう少し言葉遣いに気をつけなさい。そうね、確か今年二十五歳になられたはずよ」

へえ、意外に若い。もっと上だと思っていた。二十五歳なら、王妃様ともそれほど歳が離れてなさそうだ。

なんて思っていたら日が陰って来たので、私たちは解散することにした。

その夜、陛下はサラージアさんのもとに向かった。そしてこの日は何の事件も起こらなかった。

◆◆◆

翌日、私は朝から仕事に出た。

久々に変装して画廊へ向かい、掃除を始めると、次第に無心になっていく。やればやるほど元気が出てきて、やっぱりこれが私の天職なんだなあと実感した。

逆に、つくづく側妃には向いていないと思う。普通、貴族の女性は誰かと会話しながら無意識にテーブルの汚れを拭いたりしないいし、ドレスの裾が地面に触れていても気にしない。何より侍女さんに命令する時に、「お願いします」なんて言ったりしない。

が、専用の湯船にゆっくり浸かることに慣れてしまった今、もう夜中にこっそり髪を洗う生活には戻りたくない――いや、戻れない。一度生活水準を上げてしまうと、それを元に戻すのは難しいのだ。

画廊の掃除を終えて廊下に出たら、サラージアさんとフィンディさんが侍女さんや護衛兵さんを大勢引き連れてやってくるのが見えた。

仲良くなったかに思えた二人だけれど、フィンディさんの復活と共にまた仲が悪くなったのか、競うように階段を下りてくる。

「アイリス、頑張っておるの」

ニヤニヤしながら声をかけてきたサラージアさんは、私の反応を楽しんでいるに違いない。「あら、あなたアイリスとおっしゃるのね」とフィンディさんから言われた時にはもう、私の背中は汗だくだった。

フィンディさんはこれから貴族のお宅で開かれるお茶会に、サラージアさんは新しくできた何かの研究施設へ視察に行くそうだ。

「そ、そろそろ私は仕事に戻ります。お気をつけて行ってらっしゃいませ」

私はサラージアさんの更なる攻撃から身を守るために、お辞儀をして会話を打ち切った。サラージアさんはまだ私をからかい足りないのか、名残惜しそうに出かけていく。

彼女の私を見る目は、まるで楽しいおもちゃを見る子供の目のようだった。


部屋へ戻ると、ジェイクさんのお弁当が届けられていた。

今日もめちゃくちゃ美味しい。濃くも薄くもない絶妙な味加減だし、彩りも綺麗だし、最高だ。

食べ終わった後は自分でお弁当箱を洗い、手紙の下書きをそっと入れておく。

そこでソフィアさんが感心したように言う。

「ほんと、アイーダはジェイクの作った料理だと食が進むわねえ」

「だって、すごく美味しいじゃないですか。落ち着くというか懐かしいというか、そんな味がして」

「それはアイーダの好みに合わせてあるからでしょ。何たってジェイクはあの〝ディカータ家〟の直系だもの」

「ディカータ家？」

それはジェイクさんの名字、いや家名だったはずだ。有名な家なのだろうかと首を傾げると、アスティさんが説明してくれた。

「ディカータ家は代々、国内屈指の料理人を輩出することで有名なのよ。元々は平民だけど、歴代の当主はその功績を認められて爵位も持っているわ。一代限りの爵位だけれど、ジェイクもいつかは叙されるんじゃないかしら」

ジェイクさんのお父さんも国宝級の料理人だったものの、足を悪くしたことで第一線を退き、以後は料理人の育成に携わっているそうだ。ジェイクさんは物心つく頃からお父さんに料理を学び、自分の力を試すために王宮へ来たのだとか。

「そ、そうなんですか……なんだか恐れ多いです」

知らなかったとはいえ、そんな人にお弁当を作ってもらっていたとは……

「あら、本人が作りたくて作ってるんだからいいんじゃない？　何が楽しいんだか知らないけど、まかない作りも自分から志願したらしいし」

それに側妃お抱えの料理人になるのも名誉なことかもしれないわよ、とアスティさんは言った。陛下や王妃様のお抱えになる方が、よっぽどいいと思うんだけど。

「だから万が一ここを追い出されても、ジェイクさんのところへお嫁に行けば大丈夫ですよっ。将来はジェイクさんも貴族になるんですから。良かったですね、アイーダさんっ」

悩む私に、エルさんが笑えない冗談を言った。


ブリジットさんの事件から一週間が経った今日、陽の陛下が夜の相手に選んだのは私だった。

陛下は私とサラージアさんの部屋には泊まったけれど、あの事件のせいで結局フィンディさんのところには泊まっていない。だから次はフィンディさんかと思っていたのに、いいのだろうか？

熱々のお風呂で至福の時間を過ごし、肌の手入れも終わった頃、陛下が私の部屋にやってきた。

「やー、疲れた疲れた。あいつ、面倒な仕事は全部僕に回すんだから」

陽の陛下はソファにどさりと座る。

「あいつ？」

「ああ、もう片方の僕のことだよ」

アスティさんが用意してくれたお酒を差し出すと、陛下はそれを手で制した。

「僕、あまりお酒好きじゃないんだよね」

「え？　でも……」

陰の陛下はまるで水を飲むかのようにゴクゴク飲んでいたのに。人格が変われば好みも変わるのだろうか。

だとしたら大変だ。もし陰の陛下がお酒をたっぷり飲んだ後に人格が交代したら、陽の陛下は嫌いなお酒の臭いを我慢しなければならない。飲んだ記憶もないのに酔っているなんて嫌だろうなあ。

結局、陛下はお酒ではなく、果物を絞ったジュースを美味しそうに飲み干した。聞けばお風呂上がりで喉が渇いていたらしい。

アスティさんたちが退出すると、陛下は足を投げ出すようにして、ソファの背もたれに腕をかける。もし仮面を外してスウェットでも着ていれば、その辺のお兄ちゃんと変わらないだろう。

「ごめん、アイーダ。お願いがあるんだけど」

「はい？」

「今日はここに泊めてもらえないかな？」

「私は構いませんが……大丈夫なんですか？」

何がとは言わなかったけれど、王妃様のことを言っているのだと陛下には分かったらしい。

「うん、もう事情は説明してある。縄梯子、外されちゃったんだよね。この前あいつが上ってるのを、どこからか目撃されてたみたいでさ。だから今日は朝までここにいさせてもらうよ。ごめんね」

「大丈夫です。あ……でも」

「何？」

「ゲームを用意していません」

陽の陛下はきょとんとした後、「冗談だと思っていたのに本気だったんだね」と言ってげらげら笑い出した。

ゲームとはもちろんテレビゲームなどではなく、カードゲームやボードゲームのことである。陛下が私の部屋に泊まる時は、夜更けに王妃様の部屋へ行くまで、ゲームでもして時間を潰そうと話していたのだった。

しばらく笑っていた陛下は、「先日、白妃とさんざんしたからいいよ」と言った。白妃様の部屋に泊まった日は、夜更けまで二人でゲームをしていたそうだ。二人ともゲームが得意なので、なかなか勝負がつかなかったんだとか。

どうやら陛下は、本気で王妃様に操を立てているらしい。彼はこの国の王様なのだから、何人の女性と関係を持とうが自由であるはずなのに、敢えて王妃様一筋を貫くとは。

素敵だな……と思う。うらやましいとも思う。

お互いに想い合うって、どんな気分なんだろう。私はもう側妃になってしまったので、一生誰にも恋をしちゃいけない。そんな当たり前の事実が今更身に染みる。

目を閉じると瞼の裏にウィルフリートさんの顔が浮かんで、すぐに消えた。

「じゃあ、代わりに昔話をしようか」

陽の陛下の明るい声で、私は現実へと引き戻される。

「僕が幼い頃、辺境伯のもとで育ったというのは、誰かから聞いているかな？」

私は頷いた。王宮で働き出した頃、シグルトさんから聞いた覚えがある。

「王都から遠く離れたそこには、国境を守るために造られた要塞があってね。辺境伯っていうのは、元々そこを管理するためにできた役職だったんだ。もっとも平和な時代が訪れた今となっては、ただの有力な貴族にすぎないんだけどね。だだっ広い領地には自然が多く残されていて、山々の稜線がどこまでも続いている。そこに朝日が当たる様は、もう見事と言うしかないほど美しいんだよ」

私は陛下の穏やかな語りに誘われるように、その光景を想像してみた。どこまでも続く牧草地帯、牧草を食む動物たち。領民さんたちの手によって耕された畑、大地の恵みとも言える農作物。そして、そんな場所でのびのびと育つ陛下。

「そこで大事な友達と、兄のように慕う人との出会いがあったんだ」

そう語る陛下はとても楽しそうで、幸せな子供時代を送ったということが伝わってくる。

ただ一つ気になったのは、その記憶が陽の陛下だけの記憶なのか、それとも陰の陛下との共通の記憶なのかということだ。もしこれが陽の陛下だけの記憶だとすれば、幼い頃の記憶を持つ陽の陛下の方がオリジナルの人格ということになる。

それにしても双子で生まれたからといって、不吉だという考え方はおかしい。あまり詳しくはないけれど、どちらが兄になるかは産道を通ってきた順番だけで決まるはずだ。

つまり、場合によっては今目の前にいる陛下が兄で、亡くなった第一王子が弟だったかもしれない。そう考えると、どうも納得がいかなかった。

だけど陛下が懐かしそうに語るので、彼にとっては、王宮で育つより幸せだったのかもしれないとも思う。そのまま王宮にいれば、実の兄と母親の死に立ち会うことになった訳だし。

両親の死を経験した私は、それがどれだけ辛いか知っている。信じられなくて、信じたくなくて。どうしようもないほどの喪失感を、今でも鮮明に思い出せる。

俯いたまま考え込んでいたら、陛下が顔を覗き込んできた。

「眠くなった？　じゃあ、そろそろ寝ようか」

そう言いながら陛下は、クッションをソファの端に移動させている。どうやらそれを枕にして、ソファで寝るつもりらしい。

「そこじゃ風邪を引いてしまいます。寝室で寝てください。私がそっちで寝ますから」

「女性をこんなところに寝かせる訳にはいかないよ」

「陛下をそんなところに寝かせる訳にもいきません」

両者一歩も引かず、ベッドの譲り合いが続く。はっきり言って時間の無駄だ。

「……分かりました。それならもう、一緒に寝ましょう」

不毛なやりとりに疲れて提案すると、陛下は、「えっ⁉」と大声を出した。

「いや、でも一緒に寝る訳には……」

「私は構いませんが」

「僕が怖くないの？　仮にも男な訳だし、普通警戒するものじゃない？」

顎（あご）に手を当てて少し考えてから、私は陛下の顔を見上げた。

「自分でも不思議なんですが、全然」

すると陛下は、なぜかがっくりと肩を落とした。

「それって喜んでいいのかな。いや、アイーダが良くても、やっぱり一緒に寝るのは……」

「じゃあ、こうしましょう」

私は陛下と共に寝室へ向かい、ベッドの上で横に伸びていた社長さんを、引っ張って縦向きにした。

不満げな鳴き声が聞こえるけれど、無視だ無視。いくら社長さんとはいえ、陛下はこの国の最高権力者なのだ。当然、優先順位は陛下の方が上である。

「ここから向こうが陛下の陣地です。ここからこっちには入ってこないでください」

「なるほど、彼が境界線の役目を果たしてくれる訳か」

私が提案したのは、いわゆる川の字というやつだ。小さい頃はお父さんとお母さんと三人で仲良く寝ていた。当時は私が真ん中だったけれど。

なぜだろう、相手は両親ではなく陛下なのに、ちょっと楽しくなってきた。

「あの、いきなりあっちの陛下に変わるってことは……ないですよね？」

一瞬不吉な考えが過ったので、恐る恐る尋ねてみる。

「あー、うんうん、大丈夫。あと一ヶ月近くは変わらないと思う」

その言葉に、私はそっと安堵の溜め息をついた。寝ている途中に人格が交代したら、私の命が危ない。殺されはしないとしても、ベッドから蹴り落とされることくらいは十分ありえそうだ。

「火、消しますね」

「うん、ありがとう」

灯りを消す前に、私はどうしても気になっていたことを尋ねてみることにした。

「あの、仮面を外さないんですか？」

まさか、いつも被ったまま寝ている訳ではないだろう。今日は私が一緒だから、そのまま寝ようとしているに違いない。被ったままだと絶対息苦しいと思うし、仮面の角や出っ張りに引っかかって社長さんが怪我をしても困る。

「一人の時は外すけど、今は……」

やっぱり常に仮面を被っている訳ではないらしい。でも一人の時だけ外すってことは、王妃様と一緒の夜も仮面を被っているのかな？

「あ、じゃあ私、目隠しします！　絶対に見ないと誓います。どうせ灯りを消せば全く見えなくなりますし」

私はクローゼットの中からタオルを出すと、それを掲げてみせた。

「何から何までありがとう。これじゃあ、一生アイーダに頭が上がんないな」

「その言葉、忘れないでくださいね」

冗談めかして言うと、陛下が「分かったよ」と真面目に答えた後、笑い出した。

「明日の朝、アイーダが目隠ししているのを誰かに見られたら、変な噂が立ちそうだな」

陛下がそうポツリと呟いたけれど、意味がよく分からなかった。

恐れ多くも陛下が代わりに灯りを消してくれると言うので、私は先にベッドに入ることにした。

隣を見ると、すでに社長さんは気持ち良さそうに寝ている。

その横に潜り込み、タオルを頭の後ろで結んで目隠しをした。寝転んでみたら結び目が当たって痛かったので、タオルを回転させて結び目を前に持って来る。これなら問題なく眠れそうだ。

しばらくすると、陛下が仮面をサイドテーブルに置く音がした。

社長さんの「ぷすー」といういびきを聞きながら、これも一応同衾って言うのかな、なんて考えて、少し可笑しくなった。


「陛下、アイーダ様。お目覚めでしょうか」

寝室の扉が遠慮がちにノックされ、私ははっと目を覚ました。

……はずなんだけど、視界が暗い。何だこれ、まるで目隠しでもされてるかのような……いや、間違いない、目隠しだ。

どうして私はこんなものをしているんだろう？　と思いつつ、それを外そうと手をかけた瞬間、昨夜のことを思い出した。

「へ、陛下、朝です。早く起きて、仮面を！」

慌てて目隠しから手を離し、陛下がいるであろう方に向かって呼びかける。

「起きてるよ～。もう仮面も被っているから、目隠しを外しても大丈夫だよ」

その言葉を聞いて、私は恐る恐るタオルを上にずらす。すると、すでに仮面を装着した陛下がベッドに寝転び、頬杖をついてこっちを見ていた。そこまでならまだ理解できるが、なぜかその口元には笑みが浮かんでいる。

「お、おはよう。おはようございます。あの……？」

「おはよう。ああ、ごめんね、アイーダが目隠ししながら寝てる姿が微笑ましくて、つい見つめちゃってたよ」

陛下はそう言って噴き出した。

彼が仮面を外して眠れるように気を遣った結果だというのに、笑うなんて酷い。

私が不満に思っているのが伝わったのか、陛下はまた「ごめんね」と言って笑った。……反省の色なし。

でも、陽の陛下はまるで親戚のお兄さんみたいで、笑われてもなぜか許してしまう。それが彼の人徳というやつなのかもしれない。

「けど、さすがにそれじゃ目が痛くなりそうだね。次は代わりのものを用意させるよ」

代わりのものというと、アイマスクのことだろうか。それとも仮面舞踏会なんかで見る、目の辺りだけ隠す装飾付きの仮面とか？

だったらどうしよう。そんなものをつけていたら、本当の意味での仮面夫婦になってしまう。

「今、何か面白いこと考えたでしょ。なになに、聞かせて？」

「いえ、何も」

得意のポーカーフェイスで間髪を容れずに否定しておいた。……陽の陛下は意外と鋭い。

「陛下？　アイーダ様？」

「あっ、はい、今起きます！」

扉の向こうから再び声をかけられ、私は急いで身体を起こした。すると、すぐ近くから低い呻き声が聞こえる。

不審に思って視線を下げると、そこには白くて大きな塊があった。何かふかふかして温かいと思ったら、社長さんが私にぴったりくっついて寝ていたようだ。

少し可愛い、なんて思っていたら、早くどけよと言わんばかりに睨まれる。慌ててどくと、社長さんは今まで私が寝ていた場所に潜って行った。

別に甘えてた訳でも温めてくれてた訳でもなくて、逆に私から熱を奪っていたんだろうな……

扉を開ける許可を出すと、アスティさんたちが伏し目がちに入室してきた。

陛下は彼女たちから服を受け取り、自分でさっさと着替えを済ませてしまった。もちろん私は背を向けて見ないようにしていたけれど、終わるまで数分しかかかっていない。

身分が高い人は着替えも侍従に手伝わせるものだと聞いていたので、陛下はやっぱり変わってるなあと思った。できれば私も一人で着替えたいんだけど、何しろドレスというものは背中側の紐を結ばないと着られないため、一人では到底無理なのだ。

陛下は私に遠慮したのか、「先に行ってるよ」と言って、とっとと居間に移動してしまった。アスティさんが慌てて後を追う。

「陛下、今日はゆっくりされていたのね～」

ソフィアさんが、にこにこしながら話しかけてくる。陛下が初めて私の部屋に来た時――その時は陰の陛下の方だったけれど――陛下は縄梯子を使って早々に引き上げてしまった。だから翌朝部屋にやってきたソフィアさんたちには、陛下は早朝に部屋へ戻られたと言っておいたのだ。

「きっとお二人の仲が深まったってことですよ、ソフィアさんっ」

エルさんもはしゃいでいる。そういえば、さっき扉が開いた時、エルさんは両手で目を隠しながらも指の隙間からチラチラ覗いていた。

私は着替えを済ませてリビングに向かい、陛下と一緒に朝食を取った。

フルーツをたっぷり使ったミックスジュースを二人で飲む。これがいわゆる〝夜明けのコーヒー〟的なやつなのかなと考えて、一人で可笑しくなった。

食べ終わると陛下は「朝の議会のための準備があるから」と言って、と足早に部屋を後にした。

私はつい習慣で早起きしてしまうけれど、陛下も早起きのようだ。王様っていう立場も大変なんだなあ、と私は同情した。

お昼過ぎになると、ジェイクさんからお弁当と一緒に、昨日入れておいた手紙が届けられた。

寝室にある机に座って手紙を開くと、私が書いた文字が、力強い筆跡で丁寧に添削されている。おまけに手紙の余白には、〝ここはもう少し右上がりに〟とか〝最後の一画を伸ばすと上品に見える〟といったアドバイスがこと細かに書かれていた。

私はノートを開き、その教え通りに何度か練習する。そして本番用の紙を取り出し、清書していった。

書き終わった手紙を封筒に入れ、Aのイニシャルをデザインした黒色の封蝋を施す。Aはアイーダの頭文字で、黒い蝋は黒妃を表すのだ。

この手紙をどうやって送ろうかと考え、そういえば近々アスティさんたちが順番にお休みを取る予定だったなと思い出した。もし街に出るようなことがあれば、この手紙を送ってもらおう。

ああ、ベリンダさんとホルスさんは元気かな。また喧嘩してないといいな。星見亭は今日も盛況なのかな。ナタリシアさんの赤ちゃんもそろそろ生まれるはずだけど、直接おめでとうって言いたかったな。

また郷愁の念に襲われながら、書いた手紙を引き出しの中にそっと仕舞った。

午後はアスティさんに行儀作法を習った。

そろそろ夕食の時間なので終わりにしようという段になって、アスティさんが溜め息をつく。

「来ないわねえ、招待状」

「招待状？」

「来ないのよ、アイーダを晩餐会や舞踏会に誘う招待状が。お茶会の招待状さえもね」

「私はそういう華やかな場が苦手なので、どちらかと言うと来ない方が嬉しいんですが」

私の言葉を聞き、アスティさんは首を横に振る。

「そういう問題じゃないのよ。普通、側妃ともなれば毎日のように色んな招待状が届くものなの。日時が重なってしまってどれを優先しようかと悩むほどにね。現に白妃様と赤妃様のもとには、山盛りになるほど届いていると聞いたわ」

「私は元々貴族ではないので、皆さん戸惑っているのかもしれませんね。もう少し経てば来るかもしれませんよ」

他の二人と違って、私には貴族社会との繋がりがない。だから、それも仕方がないと思う。

「ねえ、もしかして誰かの差し金と言うことはない？　例えば白妃様のご実家であるハルベルダム侯爵家や、赤妃様のご実家であるアローガネス伯爵家から手を回されているのかも。何たってアイーダの後見人であるベネトリージュ様は両大臣にとって政敵だもの」

詳しく話を聞くと、三人の大臣は常に意見が分かれ、あまり仲が良くないらしい。そういえば確か側妃選びの時も、各派閥から一人ずつ選出されたはず。シグルトさんと伯爵様の間に火花が散っているのも実際に見たことがある。

サラージアさんやフィンディさんが、裏から手を回している雰囲気は感じられない。だけど、二人の知らないところで事が動いているのかも、とソフィアさんが珍しく語気を強めた。

うーん、ソフィアさんはシグルトさんのことを人一倍心配しているようだ。これはソフィアさんが義理の母親になる日も近いかもしれない。

「落ち着いてください、ソフィアさん。まだそうだと決まった訳ではないですよ。シグルトさんには、一応手紙で報告しておきますので」

そう言うと、ソフィアさんはしぶしぶながらも頷く。私は急遽、もう一通手紙を書くことになってしまった。

ところがその一週間後、私宛てにたくさんの手紙が届けられた。それらはお盆の上で、こんもりと山になっている。

何通か開封してみたら、その全てが何らかの催(もよお)し物への招待状だった。

「なぜ急に、こんなに招待状が届いたんでしょう？」

「それは、あなたが陛下の寵妃(ちょうひ)になったからよ」

「寵妃？　私がですか？」

「そう。陛下は白妃様や赤妃様のもとには一度ずつしか訪れていらっしゃらないけれど、アイーダのもとへは足しげく通われていると、噂(うわさ)になっているらしいの」

「そんな噂が……」

確かに陽の陛下は、先日から二、三日続けて私の部屋へ泊まりにきている。どうも王妃様のもとへ夜行くのは禁止されているらしく、私はその愚痴を聞かされていた。

「陛下はなぜよりにもよってアイーダを、という気がしないでもないけれど、この部屋に一番多くいらっしゃっているのは事実だもの。今までハルベルダム侯爵家とアローガネス伯爵家の顔色を窺っていた貴族たちが、これはいかんと手の平を返したってことでしょうね。やったわね、アイーダ！」

何だかそれはそれで嬉しくない気がするけれど、三人はとても満足げな表情を浮かべている。侍女として達成感を感じているようだ。

もしかして、噂を流したのってアスティさんたちなんじゃあ……。いやいや、人を疑うのは良くないよね、うん。

「それにしても不思議ねえ。なぜ陛下はアイーダを気に入ったのかしら？」

ソフィアさんがとても失礼なことを言う。するとエルさんが、背伸びしながら手を高く上げた。

「はいはーい！　私、分かっちゃったかもしれませんっ！　きっと陛下は美人やグラマーな女性に飽きたんだと思います！」

グサッ。

エルさん……。今あなた、私の心に百のダメージを与えましたよ。瀕死の重傷です。

すると隣でアスティさんが、うーんと唸った。

もしかしてエルさんの言葉を否定してくれるんですか？　ああ、普段は氷のように冷たくても、やはり優しい女性なんですね！

「なるほど。陛下はブス専な上に、幼女趣味なのね」

グサグサッ。

フォローしてくれると信じていた人に、とどめを刺されてしまった。すぐに「冗談よ」と言われたけれど、どうも冗談だったとは思えない。それに――

「私、一応側妃の中で最年長なんですけど……」

確かに他の側妃さんたちは大人っぽいので、私が子供っぽく見られても仕方ない。だけど私が誕生日を迎えれば、サラージアさんとは二つ、フィンディさんとは三つも歳が離れることになるのだ。

陛下とは六歳差か……その程度で幼女趣味と言われては、陛下も立つ瀬がないだろう。

「あまりにも美しいものに囲まれていると慣れてしまって、道端の小さい花や小石が可愛らしく思えるのかもしれないわねえ」

ソフィアさんまで！ ここに私の味方はいないのだろうか？

「いくらなんでも、ひどいです」

そう訴えると、皆が笑い出した。どうやら今までのは全部冗談だったらしい。

「さーて、どのご招待を受けようかしら。迷うわ～」

アスティさんが、小躍りしそうな勢いで招待状を選んでいる。

もしもーし。キャラが崩壊してますよー、戻って来てくださーい。

とにもかくにも。どうやら私、いつの間にか陛下の寵妃になってしまったようです。

催し物の日付はどれも急を要するものではなかったので、シグルトさんに確認してから返事を出そうということになった。身分が高い人からの招待状を優先するのかと思ったら、派閥の関係や爵位を超越した序列などがあり、そう簡単な話ではないらしい。

私には難しすぎるので、その辺は全てお任せしてしまおう。あとは恩返しも兼ねて、少しでもシグルトさんの株を上げられるように頑張るのみだ。

そんな中、側妃になってから初めての給料日がやってきた。仕事量は減ったのに、額面は清掃女中だった時のお給料とほとんど変わらなかった。

エルさんが私の代わりに仕事をしてくれた日を数えて、その分のお給料を手渡す。最初は遠慮していたエルさんだけれど、「これからもお願いすると思うので」と言って半ば強引に渡すと、「臨時収入だ！　やった〜！」と飛び上がって喜んでくれた。

エルさんは家があまり裕福ではなく、弟や妹がたくさんいるんだそうだ。そんなエルさんが王宮で働けるのは、以前勤めた先々で高評価をもらったおかげらしい。行き帰りの交通費も馬鹿にならないため滅多に帰省せず、その分たくさん仕送りしているんだとか。

ほくほく顔のエルさんがそのまま買い物をしに街へ出ると言うので、星見亭への手紙を託すことにする。今日は彼女の休日なのだ。

夕方帰って来たエルさんは、街の様子を興奮気味に報告してくれた。

「すごいんです！　街行く人が皆、黒髪のかつらを被っているんですよ！」

「そういえばエル用のかつらを買う時も、最後の一個だったわねえ」

ソフィアさんが納得した様子で頷いた。

エルさん用のかつらというのは、エルさんが私になりすますための黒いかつらのことだ。私が仕事に出ている間はエルさんが部屋の掃除をしつつ、誰かが訪ねてきたらいつでも私の身代わりができるようにスタンバイしてくれている。

この国に黒髪の人がいない訳ではない。現に側妃行列の時にもちらほら見かけた。ただ、私ほど真っ黒の髪は珍しく、ほとんどの人がやや茶色がかった黒髪なのだ。真っ黒で更に直毛の人となると、滅多にいない。

「どうして黒髪のかつらが流行っているんでしょうか？」

意味が分からずに首を傾げると、エルさんがじれったそうな顔をする。

「アイーダさんの影響ですよっ。前から黒髪のかつらは売っていましたけど、アイーダさんが側妃になってから飛ぶように売れていて、今じゃどの店も品切れらしいです！」

「わ、私の影響ですか？」

驚いて聞き返した私に、ソフィアさんが得意げに言う。

「そうよ～。何たって清掃女中から側妃になったんですもの、人気が出ないはずがないわ。今、アイーダは全国民の注目の的……ううん、憧れの的と言っても過言じゃないのよ」

それは知らなかった。確かに側妃行列の日の盛り上がりはすごかったけど、お祭りムードのせいだとばかり思っていた。もしかしたら庶民出の私が側妃になったことで、いわゆる玉の輿とか、シンデレラストーリーみたいに思われているのかもしれない。

「皆、ぜひアイーダにお世継ぎを産んで欲しいと望んでいるらしいわ」

「えーと……頑張ります」

とはいえ、これぱっかりは私が頑張ってもどうしようもない。産めるものなら産みますけどね、残念ながら私は名ばかりの側妃……いや、寵妃ですから。


夕食はサラージアさんとフィンディさんと一緒に食べることになった。集合場所である食堂へ行くと、三人の扱いに差が出ないようにするためか、わざわざ丸テーブルが用意されていた。

二人とも今日もどこかへ出掛けていたらしく、少し疲れた表情をしている。

「お疲れのご様子ですね」

私が声をかけると、二人とも全くだとばかりに頷いた。

貴族の方々は皆おしゃべり好きで、それに付き合うのはとても疲れるんだそうだ。確かに興味のない話を聞くのは、全校集会で校長先生の長話を聞くのと同じくらい苦痛だろうな、と心の中で同情する。もうすぐ私もそういう体験をするのか思うと、他人事ではない。

「毎日毎日これでは、気が休まらぬのう」

「仕方ないですわ、これも側妃の務めですもの」

心底嫌気が差している様子のサラージアさんとは違い、フィンディさんはそれも仕事だと受け止めている。いつも強気なフィンディさんは、意外と……と言っては失礼だけど、義務や責任を重んじるタイプだ。きっと私たち三人の中で、一番貴族らしいのは彼女だと思う。

でも最近の彼女は、以前とは雰囲気がすっかり変わっている。さっきも部屋から付き添ってきた侍女さんに、「ご苦労様」と優しく声をかけていた。彼女なりに信頼関係を築こうとしているようだった。

「大変ですね」と言った私に、サラージアさんが別の話を振ってきた。

「黒妃も陛下の相手をするのは大変じゃろう？　それよりはマシというもの」

……気まずい話題だ。「そうですね」と言うべきか、「そんなことないですよ」と言うべきか。

サラージアさんは陛下が二重人格だと知って興味を持ったみたいだし、フィンディさんは最初から陛下の子供を身籠る気満々だ。

実際には彼女たちが思っているような関係ではないけれど、陛下が私の部屋によく来ているのは事実。結局何と言っていいか分からず、「すみません」と謝ってしまった。

「あら、わたくしは感謝していますわ」

フィンディさんが思わぬことを言った。彼女は食事の手を止め、ワインで喉を潤してから再び口を開く。

「わたくし怖くって。あの日以来、いつ陛下があの恐ろしい陛下に変わってしまうかと思うと、生きた心地がしないのですわ」

フィンディさんが言うあの日とは、ブリジットさんの事件が起きた日のことだろう。これから一夜を共にしようと思っていた相手が、いきなり自分の侍女さんに剣を向けたのだ。当事者であるフィンディさんにとっては、かなりのショックだったに違いない。

そういえば、陽の陛下が正妃様を伴ってお見舞いに来た時も、フィンディさんは元気がなかった。あれはまだショックから回復していなかっただけではなく、陛下を恐れていたのかな。

確かに、いつ陽の陛下が陰の陛下に変わるか予測ができないとなると、怖いだろう。だけど陽の陛下は、まだしばらくはこのままでいられると断言していた。きっと自分にしか分からない予感みたいなものがあるんだと思う。

「妾も助かっておるぞ。陛下の相手をせずに毎日を過ごせるのは、楽じゃからのう。実家からはせっつかれておるが、そんなものは放っておけば済む話じゃ」

サラージアさんはコース料理を全部運ばせた上で、自分の食べたいものから食べている。フィンディさんはそれを見て眉をひそめたけれど、何も言わなかった。何を言っても無駄だと、顔に書いてある。

どうやらフィンディさんもサラージアさんも、陛下が部屋に来ることを疎ましく思っているらしい。

陽の陛下は正妃様命で安全な男性だ。なのにこんな言われようだと、何だか可哀そうになってしまう。私は陰の陛下からはキス——あれをキスと呼べるのなら、だけど——をされたというのに、陽の陛下はそんなことは絶対にしてこないという確信があった。

「黒妃よ、世継ぎを頼むぞ」

「黒妃様にお任せしますわ」

ええー⁉　私ですか。また私なのですか。
正妃様だけじゃなくて他の側妃さんからも、お世継ぎを産んでくれと頼まれてしまいました……

第三章　仮面舞踏会に招待されました

私が側妃になって半月が経つ。その間に、陽の陛下は私の部屋に来ることにもすっかり慣れ、「よっ」とか「来ちゃった」的なノリで訪れるようになった。

こちらも最初の緊張感が薄れ、「どうぞどうぞー」という返しが定着してしまっている。侍女三人組も慣れた様子であれこれ準備をすると、すぐに部屋を出ていくのだった。

陛下はどこから仕入れて来るのか、いつも面白い話を聞かせてくれる。誰々の子供が赤ちゃんなのにおっさん面をしているとか、王都に新しくできた店の料理が絶品らしいとか、そんな他愛もない話ばかりだ。だけど王宮から出られない私にとっては、どの話も興味深い。

今日もしばらくおしゃべりを楽しんでから寝室へ移動すると、陛下が社長さんに向かって情けない声を出した。

「おーい、そろそろ懐いてくれてもいいんじゃない？」

何度も会っているにもかかわらず、社長さんは陛下に全く懐かない。警戒している訳ではなさそうだけど、陛下をまるで空気のように扱っているのだ。いや、寝る時は場所を取られるせいか、少し邪険にしている気もする。

王様よりも偉そうな猫ってどうなんだろう……と思うけれど、それが社長さんなのだから仕方ない。それに陽の陛下は動物好きみたいで、寂しいとは言っているものの、怒ったり追い出そうとしたりする気配はない。

あとは、社長さんが陰の陛下の前で同じ態度を取らないことを祈るばかりだ。あっちの陛下だと、社長さんに向かって剣を抜きかねない。

「大丈夫ですよ、私にもあまり懐いてくれませんから」

慰め（？）の言葉を口にしつつ、枕の上に置いてあったアイマスクを手に取る。これは先日、陛下が贈ってくれた。私が恐れていた派手派手しいものではなく、長方形で中に綿が入っているシンプルなものだ。

それを顔に当てようとした時、陛下が突然こんなことを言い出した。

「……今度、グランデュー公爵主催の舞踏会が開かれるって知ってる？」

初耳だったので、私は首を横に振る。

聞けば、ただの舞踏会ではなく仮面舞踏会らしい。参加者は皆、思い思いの仮面をつけて正体を隠し、一夜限りの娯楽に興じるのだとか。

その説明を聞きながら、すでに仮面を被っている陛下は一体どうするんだろうと思った。そのまで出席するのか、それとも仮面の上から更に仮面を装着するのか。

あれ？　もしかしてここ、笑うところですか？

「それは……楽しそうですね」

判断がつかず、そう返事をするのがやっとだった。おそらく私の頬は微妙に引きつっていると思う。だけど陛下はそれに気付かず、そのまま話を続けた。

「エレインが体調を崩してしまってね。いや、それほど心配しなくても大丈夫なんだけど、大事を取らせようと思って。それで……代わりに出てもらえないかな？」

「私が、ですか？　白妃様や赤妃様の方が良いのではないでしょうか」

同じ側妃と言えども、元々の身分は彼女たちの方が上だ。私と違ってそういう場にも慣れているだろうし、きっとそつなく代役をこなせるはず。

「先方が『ぜひ黒妃様を』と言っているんだよ。側妃披露の儀ではあまり会話できなかったから、この機会にじっくり話をしたいんだって」

「そうですか……」

あの時はたくさんの人に会ったので、途中から誰が誰だか分からなくなった。グランデュー公と言われても、顔がぼんやり浮かぶ程度で、会話の内容までは思い出せない。

私とじっくり話しても何の得にもならないと思うんだけど、向こうのご指名だと言うなら、ありがたく思って引き受けるべきだろう。

「気が乗らない？」

陛下に心配そうな声で聞かれ、私は急いで首を横に振った。

「いいえ、私でよければお供いたします」

「そう？　良かった。承諾（しょうだく）してもらえて」

陛下はそう言って、少し表情を緩（ゆる）めた。

口では良かったと言っているけれど、陛下の言葉には何となく含みがある気がする。それはためらいのような、後悔のような……。もっと顔が見えればその感情が読み取れたかもしれないけれど、彼の顔は冷たい鉄の仮面に覆（おお）われていた。

正直な気持ちを言えば、舞踏会なんて気が重い。でも、こういう機会でもないと陛下に恩返しができないもんね。むしろ私に拒否権なんてありませんし。

お役に立てるかは分からないけれど、全力で頑張ってみます。

「あら、舞踏会に？　大変、すぐに仕立屋を呼ばなくっちゃ！」

舞踏会のことを話すと、ソフィアさんは今すぐ仕立屋さんを呼んできそうな勢いで身体の向きを変えた。

「えっ？　ドレスなら腐るほどあるじゃないですか」

「舞踏会の度にドレスを新調するように、上から言われているのよ」

「でも、その費用は国庫……つまり国民の税金で賄（まかな）われるんですよね？」

「そうね」

「だったら尚更、新しいドレスなんて必要ありません。すでに何着もあるんですから、それを着回せば……」

その私の言葉を、アスティさんが鋭い声で遮った。

「あなた思い違いをしているわ、アイーダ。確かにあなたには無駄な浪費に思えるかもしれない。けれど、それがここのしきたりなのよ。あなたがここで生きていくと決めた以上、そのしきたりに従わなければならないの。高価なドレスを買うことは経済を活性化させることにも繋がるわ。それに考えてもご覧なさい。側妃ともあろう者が、同じドレスを何度も着ているのを見たら……国民はどう思うかしら？」

アスティさんに冷静に諭され、私は何も言えなくなる。

この国の貴族さんたちは服の流行に敏感で、相手の装いを見てその人が今どういう立場にあるか、その懐事情はどんなものかを瞬時に判断すると聞いた。流行の移り変わりも激しく、それに乗れていない者は、どんなに身分が高くても田舎者と蔑まれてしまうとか。

それにアスティさんが言う通り、税金で生活している側妃がいつも同じ服を着ていたら……それほど財政が苦しいのかと国民は驚くかもしれない。そしてこの国は大丈夫なのかと将来に不安を抱くのではないだろうか？

……まさか衣装一つでそこまで大事になるなんて。けれど、どうやらこれも私が果たさなければならない義務のうちの一つらしい。

「分かってくれたみたいね」

私が黙ったのを見て、アスティさんが満足げに言った。その言葉に「はい」と頷きながら、私は彼女の目を真っ直ぐに見つめて告げる。

「……でも、それは同じドレスを二度は着るなということですよね？　衣裳部屋には、まだ一度も着ていないドレスが何着もあります。しかも最近作ったものばかりだから、まだ流行遅れではないはず。それを全て着てしまってから、新しく作ってもいいんじゃないでしょうか」

「でも……陛下が何と言うか」

少し勢いを弱めたアスティさんに、私は力強く頷いてみせる。

「陛下には、『陛下からいただいたドレスがどうしても着たかったんです』と言います。それに舞踏会は三日後なので、今から新調するには時間が足りません」

初夜の翌朝、宝石類などの装飾品に続いて、何着ものドレスが届けられたのだ。シグルトさんにもらったドレスを合わせれば、当分の間は新調する必要などなさそうだった。

「それに、今の財相はシグルトさんです。彼だって国庫からの出費が増えるより、減る方が嬉しいですよね？　お願いです、決してシグルトさんの不名誉にはならないようにしますから」

睨（にら）み合いの後、何を言っても無駄だとばかりに肩を落としたアスティさんの後ろで、ソフィアさんとエルさんが囁（ささや）き合う。

「アイーダさんって、頑固ですよね……」

「それも、筋金（すじがね）入りよね」

こらこら、お二人とも。聞こえていますよ？

結局、陛下がいつも通り黒い衣装を着るそうなので、私は白いドレスを着ることになった。

ただ一つ問題があって、その夜用のドレスは胸元の露出が激しく、本来なら胸の谷間がくっきりと出てしまうのだ。もちろん、私にはそこから出せるような谷間などあるはずもなく——結局仕立屋さんを呼ぶ羽目になる。

その人に頼んで胸元に白い薔薇の飾りをあしらってもらい、何とかごまかすことができたのだった。


そして舞踏会の日がやってきた。

私の支度がようやく終わったのは、もうすぐ日が暮れるという時刻。付添人を務めるアスティさんと一緒に宮殿を出ると、四頭立ての豪華な馬車があった。その前後左右には、馬に乗った騎士さんたちがスタンバイしている。

騎士さんに馬車の扉を開けてもらった私は、すでに乗り込んでいた陽の陛下に向かってお辞儀をする。

「お待たせいたしました」

「そんなに待ってないよ。そのドレス、似合うね。まるで雪の精みたいだよ」

「ありがとうございます。陛下も……非常によくお似合いです」

相変わらず黒い衣装を身に纏う陛下をどう褒めればいいか分からず、少しだけ反応が遅れてしまった。でも陛下は「ありがとう」と言って、口の端に笑みを浮かべる。

陛下の横に座ると、すぐ近くに騎士のシェルドガーさんがいるのに気付いた。どうやら彼が今日の護衛役みたいだ。馬車に乗せてもらえるほど信頼されているシェルドガーさんが盗賊団の一員だなんて、誰も思わないだろう。

彼が護衛役で大丈夫なのかという不安が過る。だけど他にもたくさん騎士さんがいるので、滅多なことは起きないはずだと自分を納得させた。

私たちを乗せた馬車が、ゆっくりと出発する。王宮を出て街中を走り出すと、道の両脇にはたくさんの見物人がいた。側妃行列の時ほどではないものの、かなりの人数で、「黒妃様！」と呼ぶ声が馬車の中まで聞こえてくる。

「アイーダ様、手を」

アスティさんに小声で指示された私が、小窓から手を振ると、大きな歓声が上がる。

その時、一人の少女が道の真ん中に転がり出て来た。まだ幼い、花売りの少女だ。

「ああっ！」

私の悲鳴と同時に馬車が急停止する。

少女が左腕に提げていた籠から、小さな花束がいくつかこぼれ落ちた。

「陛下。少しだけいいですか？」

その短い言葉だけで、私が何をしようとしているか分かったのだろう、陛下が気安く頷いてくれた。

「うん、いいよ～」

私は馬車の扉を開けてもらって外へ出た。途端に群衆の声がピタリとやむ。

「大丈夫ですか？」

転んだ少女のもとへ行って手を差し伸べると、少女は怯(おび)えて縮こまった。それでも私が手を引っ込めずにいたら、少女は恐る恐る自分の手を重ねてくる。

その手をしっかりと掴んで立ち上がらせ、膝についた土汚れをハンカチで払ってあげた。

「怪我はしていないようですね。良かったです」

目線を合わせて話しかけると、少女は何も言わずにただ顔を真っ赤にしていた。私の無表情のせいで、怒っていると思われたのかもしれない。

落ちた花束を拾いながら、私はできるだけ優しい口調で尋ねた。

「一ついくらですか？」

「え……？」

何を言われているか分からないといった様子の少女に、もう一度「花束は一ついくらですか？」と聞く。

「ひゃ、百ロジスです」

籠(かご)から落ちた花束は三つ。すでに花がひしゃげてしまって売り物にならないだろう。私は一緒に馬車から降りて来たアスティさんを振り返り、三百ロジスを出してもらった。そして遠慮する少女に半(なか)ば強引に硬貨を握らせ、形の崩れた花束を受け取る。

「ありがとうございます。家に帰ったら、傷口をよく洗ってくださいね。ついでに手洗いとうがいも」

私はさりげなく〝手洗いうがい運動〟を推進した。子供は風邪を引きやすいからだ。

騎士さんによって道の端に連れて行かれながら、少女は何度もお礼の言葉を口にした。

私は馬車に戻り、陛下に謝る。

「すみません、勝手なことをしてしまって」

何も言わない陛下を見て、シェルドガーさんが控えめに口を開いた。

「非常に慈悲深い行為だと思います。これでまた黒妃様のご評判が上がることでしょう」

「そんなつもりじゃ……」

自分の評価を上げるために、あんなことをした訳じゃない。第一、自分がいいことをしたなんて、ちっとも思わない。ただ放っておけなかっただけだ。

あの少女はおそらく五歳前後。日本だったら幼稚園に通っている年頃だ。そんな小さな子供でも、働かなければ食べていけないという現実が辛かった。私だって星見亭のベリンダさんと出会わなければ、あの少女と同じような暮らしをしていたはず。ううん、私の年齢を考えると、もっと辛い現実が待っていたかもしれない。

私は手の中にある花束を見つめた。あんなに幼い子供が一生懸命に花を摘む様子を想像し、水仕事で荒れていた小さな手を思い出して切ない気持ちになる。

けれど、私がしたことは単なる自己満足だったのかもしれない。

「自分がした行為が偽善だと分かっているんだね。それならまだ救いがあると、僕は思うよ」

陛下に辛辣なことを言われ、私は俯いた。

私の行為は、やっぱり偽善だったのだろうか。そう落ち込む私に、陛下は更に言う。

「だけど、あの子のような子供は他にも山ほどいる。あの子一人を助けたって意味がない……この国の経済を根底から変えなければ」

私は、陛下の言葉に驚いて顔を上げた。

陛下は群衆の方を見つめている。その言葉には、もどかしいような、やるせないような、そして悔しげな響きがあった。

そうか。陛下はこの国を変えようと——変えたいと思っているんだ。

やっぱり陽（よう）の陛下は、ただの呑気（のんき）な人なんかじゃない。この国の人々の暮らしを、そして未来を憂（うれ）えている。王妃様と同じく。

王妃様が陽の陛下を好きな理由が、初めて分かった気がした。

「これはこれは陛下、黒妃様、ようこそおいでくださいました。ささやかな会ですが、どうぞお楽しみくださいますよう」

王宮ほどではないけれど、それでも十分大きくて立派なお屋敷に到着すると、当主であるグランデュー公が挨拶（あいさつ）してくれた。

口髭（くちひげ）を蓄（たくわ）えた恰幅（かっぷく）の良いおじ様だ。陛下が何やら含みのある言い方をしていたので、腹に一物ある人物なのかと身構えていた。けれど、とても優しげな人である。

安堵していたら、アスティさんから仮面を渡された。目の辺りだけ隠れるタイプのものだ。

陛下はどうするんだろうとドキドキしながら隣にいる彼を見上げてみたものの、何の変化もない。

やはり仮面の上から更に仮面をかけたりはしないみたいだ。内心ちょっと、いや、かなりガッカリしてしまった。

ささやかな会というのは公爵様の謙遜だったようで、たくさんの人々が招待されていた。仮面がいつもと同じなので、陛下の身分はバレバレだ。彼が歩みを進める度に、近くにいる人々が一斉に頭を下げた。一緒にいる私の正体も、当然のことながら丸分かりである。これじゃ仮面舞踏会の意味がない。

「じゃあアイーダ、早速踊ろうか？」

「はい、陛下」

差し出された大きな手に自分の手をのせると、大広間の中央へと導かれる。私たちは皆が見つめる中、生演奏に合わせて踊り出した。

陰の陛下と違って、優しく巧みにリードしてくれる陽の陛下。私の動きに合わせて、ドレスの裾がふわりと揺れる。

陛下とのダンスが終わった後は、主催者であるグランデュー公と踊り、更に他の有力貴族の男性とも踊った。

踊り疲れて少し休んでいたら、お屋敷の使用人さんたちがわらわらと群がってきた。一応、私は側妃なので、もてなさなければならないらしい。

たくさんの使用人さんが私のそばに控え、呼ばれるのを待っている。中には扇で風を送ってくれる人もいた。うーん、とても居心地が悪い。

彼らに頼んで一人にしてもらうと、背の高い黒服の男性が控えめに声をかけてきた。

「黒妃様、お飲み物はいかがですか？」

彼も顔の大部分を覆う仮面をつけている。給仕の人にまで仮面をつけさせるとは、なかなかの徹底ぶりだ。

男性の手には銀のお盆と華奢なグラスがいくつかのっている。喉はあまり渇いていなかったけれど、わざわざ持ってきてくれたようなので、一杯だけもらうことにした。

「お酒が入っていない飲み物をお願いします」

そう頼んだら、どうやらお酒しかなかったらしく、男性は「すぐにお持ちします」と言って踵を返した。呼び止めようとしたものの、彼の姿はすでに遠く離れている。悪いことをしてしまったかなと後悔しつつ、私は会場に目を向けた。

皆が相手を変えながら実に楽しげに踊っている。こういう舞踏会は夫婦同伴が決まりなので、きっと各々の旦那さんや奥さんも会場内にいるはずだ。なのに、皆相手と密着したり何事かを相手の耳に囁いたりしていて、どこか淫靡な雰囲気がある。

場違いだなと思って視線を外した途端、一組の男女が広間に入ってくるのが見え、私は息を呑んだ。

男性は、深い海を思わせる蒼色の衣装を身に纏っている。顔の左側は仮面に覆われていないため、その容貌が窺い知れた。シャンデリアに照らされた髪は銀色で、瞳は服と同じ蒼色。

そう、その男の人は――ウィルフリートさんだった。

どうして？　なぜ彼がここに？

私は見間違いではないかと思い、何度も瞬（まばた）きする。けれど、その男性はウィルフリートさん以外の何者でもなかった。怜悧（れいり）な美貌を持つ彼は、これまた美しい女性をエスコートしている。

女性の方は、胸元のあいたドレスと羽のついた仮面を身に着けている。赤い唇がひどく色っぽかった。彼女はウィルフリートさんに何事かを話しかけ、微笑みながらしなだれかかっている。

「フィランダルク子爵夫人よ、彼女も招待されたのね。一緒にいるのは誰かしら？」

「招待されたからといってのこのこ来るなんて、恥知らずな」

……恥知らず？

近くにいるご婦人方の会話に、私は首を傾げた。あの女の人が子爵夫人なら、ここに来ても何ら問題はないはずなのに。

悪いとは思いつつも、私はご婦人方の会話に耳を澄ます。彼女たちもまさかすぐ近くに側妃がいるとは思わなかったのだろう、こちらを気にすることなく話し続けていた。こんな時ばかりは自分の存在感のなさに感謝したくなる。

その会話によると、フィランダルク子爵様はご高齢で、あの女の人は後妻なのだそうだ。あまりに歳が離れているので、彼女は子爵様の遺産目当てで結婚したのではないかと噂（うわさ）されているらしい。

おまけに夫人の出自と経歴には不明瞭な部分が多く、高級娼館へ出入りしているのを目撃した人がいるとかいないとか。もしかすると彼女は高級娼婦から子爵の愛人になり、そして子爵夫人にまで成り上がったのではないか――というのが話の大体の内容だった。

そこまで話し終えると、ご婦人方は近くにいた男性から差し出された手を取り、ダンスフロアへと舞い戻っていく。

一人残された私は、楽しそうに踊っている人々を眺めながら、今の話を反芻していた。あくまでも噂なのだから、話半分に聞いておかなければ。だけど経歴があまり知られていないという点で、他人事とは思えなかった。きっと私も似たような感じで噂されているに違いない。

まさか子爵夫人も異世界から来てたりして……と考えて、少しだけ可笑しくなる。こんな不思議な現象、そうそう起こるはずもない。

それよりも……と、私はウィルフリートさんの方へ目を向けた。彼は子爵夫人に近付いて、子爵家の財産を狙っているんじゃないだろうか？

いやいや、単に子爵夫人の若い恋人として、ご高齢の子爵様に代わって彼女をエスコートしているのかもしれない。でも、それじゃ二人の関係は不倫ということになる。うーん、あまり褒められた行為ではないかも。

とはいえ、貴族が愛人を同伴するのはよくあることだと聞いたことがあるので、そこまで問題でもないのだろうか？

そもそも側妃だって、実質的には愛人みたいなものなんだから、他人のことをとやかく言えた身じゃないし……

とにかく、ウィルフリートさんが単に仮面舞踏会を楽しむために来たのなら問題はない。だけど――

もしも、彼がこのお屋敷の宝物まで狙っているのだとしたら？

いや、まさかこんなに大勢の人が集まっている時に、そんなことはしないだろう。でもここに人が集まっているということは、他の場所の警備が手薄になっている可能性もある訳で……ああ、頭が混乱する。

「黒妃様、お飲み物をお持ちいたしました」

先程の男性がジュースを持って来てくれた。私はお礼を言って受け取ると、それをごくごくと飲んだ。自分でも気付かなかったけれど、かなり喉が渇いていたらしい。

ジュースを飲み干してから、会場の中央で踊る二人に再び視線を向けた。

周囲の男性は、子爵夫人のドレスの裾から見えそうで見えない足首に釘付け。一方、女性はウィルフリートさんの美貌に夢中だった。会場中が二人の存在に注目している。

やがて、曲がしっとりしたものに変わった。暖色系の灯りの中で踊る男女の姿はひどく艶めかしい。

ウィルフリートさんとフィランダルク子爵夫人も例外ではない。頬を寄せ合う二人を見て、私は咄嗟に視線を外してしまった。

やっぱり彼らは恋人同士なのだ。ウィルフリートさんが王都にとどまっているのも、ただ単に愛する人のそばにいたいからなんだ。

……何だか胸が重苦しい。まるで石でも呑み込んでしまったみたいだ。もしや、さっきの飲み物にお酒でも入っていたんじゃないだろうか。

「黒妃」

そこでダンスを終えた陛下が戻ってきた。その呼び方はまるで陰の陛下のようだったので、一瞬、人格が入れ替わってしまったのかと思って私は身構えた。だけど、彼の様子を見たらすぐに陽の陛下だと分かり、警戒を解く。

「こんなところにいたのか。探したぞ」

「申し訳ございません。こちらで少々休んでおりました」

他人の目があるせいか、陛下の口調はいつもは違って、どこかよそよそしい。

陛下は私がさっきまで見ていた方向に視線をやり、ウィルフリートさんと子爵夫人に目を留める。

「彼らがここに入って来た時、黒妃は驚いていた気がするが」

それを聞いて、心臓が飛び跳ねた。陛下の言葉には「知り合いなのか？」というニュアンスが含まれていたからだ。

もしかして、陛下は私がウィルフリートさんに接点があると知っているのだろうか。……いや、そんなはずはない。

先日の密会の目撃者は、シェルドガーさんだけだった。そして彼は、そのことを陛下に報告してはいないだろう。だから私とウィルフリートさんの関係に気付かれることはありえない。

そういえば、シェルドガーさんはどこへ？　舞踏会が始まった時は、陛下の後ろに控えていたはずなのに。

まさか、ウィルフリートさんとここで落ち合う約束でもしているとか？　……お願いだから、これ以上罪を重ねないで欲しい。

「黒妃」

再び背後から名前を呼ばれ、私の肩がびくりと動いた。

「黒妃、どうかしたのか？　顔色が悪いようだ」

陛下が顔を覗き込んで来たので、咄嗟に俯いた。今、目を見られたら、心を読まれてしまう――そんな気がしたから。彼は意外と鋭いのだ。

「少し、人ごみに酔ってしまったようです」

「そうか。では、しばらく別室で休むが良い」

「えっ？　でも、まだ途中ですし……」

「いや、もう十分すぎるほどに役割を果たしてくれた。……ごめんね、アイーダ。ありがとう」

後半は小声で囁かれた。やっぱりこっちの口調の方が陽の陛下らしくて、ほっとする。

陛下が人を呼ぼうと顔を上げると、先程飲み物を持って来てくれた男性がすぐに駆け寄ってきた。陛下の指示を受けた男性は頷き、女性の使用人さんを呼びつける。

彼女たちに支えられながら、私は大広間を後にした。こういう舞踏会は夜更けまで続くことが多いので、休憩室がいくつも用意されているのだ。

そのうちの一つに、私は案内された。中は居間と寝室に分かれていて、休憩室にしてはとても広い。

とりあえず、居間にあるソファに腰を下ろして仮面を外した。頭痛がしてきたので、こめかみに手をやり、目を閉じる。

別れ際に、陛下が私にしか聞こえないほど小さな声で「本当にごめん……」と言ったのが気にかかる。王妃様の代わりをさせたことを謝っているのかと思ったけれど、それにしては大げさな気がした。

今夜は分からないことが多すぎる。早く明日になればいいのに。

……あれ？　何だか眠いな。舞踏会の間中、気を張っていたせいだろうか。

私が眠そうにしているのに気付いた使用人さんが、声をかけてくる。

「黒妃様、少し横になられては？」

何て魅力的な提案なんだろう。本当なら今すぐにでも横になりたい。だけどよそ様のお宅で呑気に寝ている訳にもいかず、「いいえ、結構です」と断わった。

「まだまだ終わりそうにないですし、他の方もそうしていらっしゃいますから」

重ねて言われてしまうと誘惑に抗えず、「では少しだけ」と言って背中の紐を緩めてもらった。

どうしたんだろう、こんなに眠気を覚えるなんて滅多にないことだ。遠足や運動会の日の夜みたいに、身体がまるで言うことを聞かない。指の先から、膝から、力が抜けていく。

私は半ば倒れ込むように、ベッドへ横たわった。

少しだけ眠ったら、すぐに陛下のもとへ戻ろう。そして側妃としての義務を果たさなければ。王妃様の代役なんて到底果たせるはずもないけれど、その何分の一かだけでも役に立ちたい。

「申し訳ありませんが、私の侍女アスティを呼んでください。控えの間にいるはずです」

案内してくれた人にそこまで告げると、私はすぐに眠りの世界へ旅立った。

そして次に目を開いた時、そこには私の想像を遥(はる)かに超える事態が待っていたのだ。


何かが転がるゴロゴロという音と、わずかな振動を感じて、私は目を覚ました。

辺りは真っ暗だ。そしてひどく頭が痛む。

頭に手を持っていこうとして、両手首が拘束されていることに気付いた。足もドレスの上から縄でぐるぐる巻きにされている。

ここはどこだろう。少なくとも、さっきまで寝ていた部屋ではない。すごく狭い、箱の中にいるような……

考えている間も振動は絶え間なく続き、頭上では陶器がぶつかり合う音が聞こえる。

それでようやく分かった。私は今、料理を運ぶワゴンの中にいる。

でも、何でこんなところに？

眠りに落ちる直前のことを必死で思い出そうとしたけれど、頭がぼうっとして何も思い出せない。

「おい、何してるんだ？」

どこからか男の人の声が聞こえて、私は思わず身を竦(すく)ませた。するとすぐそばで、別の男性の声がする。

「黒妃様からあれこれ持って来いって頼まれてさ。この忙しいのに参っちゃったよ」

「そいつは災難だな。後で打ち上げでもやるか」

「お、いいねえ。じゃあまた後でな」

どうやら二人は同僚らしい。

一人が去っていき、またワゴンがゆるゆると動き出す。

ワゴンを押している男性に助けを求めようとした私は、その言葉を寸前で呑み込んだ。

私が中に入っているのだから、このワゴンはとても重いはずだ。それを不思議に思わずに運んでいるということは、彼が私をここに入れた張本人であるということ。声を出したら最後、何をされるか分からない。

さっきの男の人がいる時に声を上げれば良かったと、後悔してももう遅い。舞踏会の喧騒（けんそう）が遠ざかり、大広間から離れていくのが分かった。


あれからどのくらい経っただろう。また頭がぼうっとしてきた頃、ワゴンはようやく止まった。がたん、という音と共に冷気が襲ってくる。どうやら外へ出たようだ。

縛られた手を何とか動かして引き戸をスライドさせ、わずかに隙間（すきま）を作る。その細い隙間から周囲を窺（うかが）ってみると、月明かりに照らされた男の人の背中が見えた。

彼は黒い上着を脱いで、シャツの釦（ボタン）を外す。着替えを覗くのは悪いので視線を外そうした時、露（あら）わになった彼の腕が目に入り、私はあやうく声を上げそうになった。

そこには、鳥を模（も）した刺青（いれずみ）が彫られていた。いや、鳥じゃない。牙を剥（む）いて今にも襲いかかって来そうなその生き物の羽には、鉤爪（かぎづめ）と飛膜がある。つまり蝙蝠（こうもり）だ。

私が蝙蝠から連想するものは、ただ一つ。——盗賊団、〝闇の蝙蝠〟。

もしかして、彼もその残党なのだろうか？

盗賊団の残党がここにいる理由なら、何となく理解できる。ここは国内屈指の大貴族、グランデュー公のお屋敷だ。盗賊なら垂涎もののお宝がたくさん眠っていることだろう。

だけど分からないのは、なぜ私を拉致したのかという点だ。私を人質にして、仲間の解放を要求するつもりだとか？

それとも身代金目的？　そうだとしたら、一体どのくらい要求する気なのか。陽の陛下と王妃様なら多分払ってくれると思うけれど、申し訳なさすぎる。

そもそも身代金を払ったところで、生きて帰れるのかな……

と、そこまで考えて、私は思わず身震いした。寒さと相まって歯がガチガチと鳴りそうになるのを何とか抑える。そういえば、何で目隠しや猿轡をされていないんだろう？

そんなことを考えている間に、男性の着替えが終わったようだ。再び視線を上げると、彼は作業着姿になっていた。そのすぐそばには、人が一人乗れるくらいの大きさの荷車がある。

あぁ、清掃員に変装して私を敷地の外へ運び出すつもりなんですね。確かに、野外でワゴンを押してたら怪しいですもんね。

誘拐犯さんがワゴンの方に向き直ったので、私は慌てて眠っているふりをした。犯人にまでさんづけしているのは、私が多少なりとも動揺している証拠かもしれない。

誘拐犯さんは引き戸を取り外し、イモムシ状態になっている私の背中と膝の下に腕を差し込む。

難なく抱え上げられ、荷車に近付いた時——異臭に気付いた。

異臭の発生源は、すぐそばにある荷車。そして臭いの原因は、恐らく生ゴミだ。と言っても生ゴミが実際にある訳ではないが、その残り香的なものがばっちり漂っている。

えっ、まさかこのまま私を乗せる気ですか？

無理無理無理無理無理無理無理！　それなら汚れと臭いを水で流してから！　ううん、せめて、せめて何か敷物を……！

「あのっ」

とてもじゃないけど耐えられなかった私は、思わず声を上げてしまった。

「ん？　何か声が聞こえたような？」

誘拐犯さんは周りを素早く見回す。

「ここです、私です」

私が再び存在を主張すると、相手はようやく私を見て、その目を大きく見開いた。

「なっ、何でお前、起きているんだ⁉」

驚愕しているその顔に見覚えはない。年齢は二十代後半くらい。緑がかった黒髪に、浅黒い肌。つり上がった灰色の目と、口の端から覗く八重歯が特徴的だ。髪は襟足の部分だけが長く、一つに括られている。イメージは、蝙蝠というより狼だ。

「何でって……目が覚めたからだと思いますけど」

そう答えたら、相手は、「ちっがーう！」と叫んだ。

「象でも一口飲めば朝までぐっすりってぇ薬だぞ？　しかもあんた、全部飲み干したはずだよな？」

その言葉で、ようやく自分が睡眠薬か何かを飲ませられたのだと分かった。

そうか、だからあんなに眠かったんだ。それに朝まで寝ているものと思われてたから、目隠しも猿轡もされていないのか。

というか、象でも朝までぐっすりという薬を人間に盛るなんて、どういうことですか？　と問い詰めたい。おそらく商人の宣伝文句なんだろうけど、下手をすれば私は今頃死んでいたかもしれないじゃないか。

でも、もしそれが本当なら、どうして私はこんなに早く目覚めたんだろう？　現代日本で暮らしていたから身体が薬に慣れているとか？　確かに風邪薬や痛み止めなら、子供の頃から飲んでいるけれど。

「おっしゃる通り全部飲みましたが……どこから見ていたんですか？」

「あれ？　俺を見て気付かねぇ？『黒妃様、お飲み物はいかがですか？』……これならどうだ？」

誘拐犯さんはさっき脱いだ仮面を顔に当て、口調を変えて言った。

その仮面と声でようやく彼が誰だか思い当たって、私は息を呑む。舞踏会の途中で飲み物を持って来てくれた男性だ。髪型が違うので気付かなかった。

まさか従業員さんの中に誘拐犯が紛れ込んでいたなんて。確かに今夜は仮面舞踏会。仮面さえつけていれば周囲に怪しまれることはない。

あれ？　でもさっき同僚らしき人から話しかけられていたはず。とすれば、彼もブリジットさんと同じように、盗賊でありながら貴族の屋敷に潜り込んでいたのかもしれない。

「とりあえず降ろしてください」

そう要求すると、相手は少し考えた後、そっと降ろしてくれた。私に逃げる気はなさそうだし、もし逃げても簡単に捕まえられると判断したんだと思う。何しろ足をぐるぐるに縛られているので、立つのがやっとだ。

彼はワゴンの上の食器を片づけ、その上に私を座らせてくれた。意外と親切な誘拐犯さんだ。

「俺が何者か聞かねぇのか？」

「大体分かりました。その……刺青で」

正直に覗きを白状すると、相手は「見ちゃったのかー」と笑顔で言った。そして「いやーん、見ないで～」とでも言うように自分の身体を抱きしめている。

この誘拐犯さんは、ちょっとお調子者なところがあるらしい。私が無言で眺めていたら、彼はつまらなそうな顔をした。

え、今のは私が悪いの？

誘拐犯さんは咳払いをしてから、改めて口を開く。

「俺の名前はラーセルホーク――通称ラーセル。あんたの予想通り、〝闇の蝙蝠〟の一員だ」

「ラーセルさんですね。私はアイーダと申しま――」

「知ってるっつーの」

ご丁寧に自己紹介されたので、自分もしようとしたら、呆れ声で遮られてしまった。

それもそうか。では自己紹介は省略して、話を進めさせてもらおう。

「今日はどのようなご用向きで?」

「あーもう、調子狂うなあ、あんた!」

ラーセルさんは野性味溢れる顔を歪め、頭をがしがしと掻く。そして自分の胸と私の胸を交互に指差した。

「俺、攫う人。あんた、攫われる人。分かる? 何でそんなに落ち着いてるんだよ?」

自分でも緊張感がなさすぎることは分かっているけれど、それもこれもラーセルさんの持つ雰囲気のせいだ。どうも話し方がクラスに一人はいる不良君みたいで、誘拐犯という気がしない。だから、あんた呼ばわりされても、ちっとも嫌な気分にならない。

「はあ、それは分かってます。でも、どうして私を誘拐するのかと聞いているんです。私にはそれを聞く権利があると思いますが」

「決まってんだろ、俺の望みはただ一つ。捕らえられた〝闇の蝙蝠〟全員の解放だ」

やっぱりそうか。予想通りである。

「だとしたら、私はあなたと一緒には行けません。〝闇の蝙蝠〟の方々を解放すれば、国家の威信にも関わりますから。それに……一言だけ言わせていただくと、私を誘拐しても無駄です」

決して自虐的になった訳じゃなく、冷静に判断した結果だ。陛下は側妃一人の命よりも、治安維持を取るだろう。いや、取らなければならないはずだ。

王妃様や他の側妃さんたちならまだしも、庶民出の私なんかじゃ到底人質にはならない。人選から間違っている。

「あんた何にも知らないんだな。今、黒妃と言えばちょっとしたモンなんだぜ？　その黒妃が攫われたとあっちゃあ、王も動かない訳にはいかねーよ。それこそ国家の威信にも関わるだろうし、何より国民が黙っちゃいない」

そんな、まさか。いくら庶民から側妃に上り詰めたからと言って、私の人気はそこまでではない。きっと盗賊団の人たちは、私を過大評価しているんだと思う。それが勘違いだと気付いた時、彼らは一体どうするつもりなんだろう。

「……ちなみに、私が逃げたらどうするつもりですか？」

「それなら、今度は他の側妃を攫ってくるかな。それでも足りないって言うなら、王妃も――」

「分かりました。私が行きましょう」

ラーセルさんの言葉を最後まで聞かずに、私は申し出た。

サラージアさんは誘拐さえ楽しんでしまいそうだけど、危ない目に遭わせるのは気が引ける。フィンディさんは以前の事件のトラウマもあるし、耐えきれないだろう。そして王妃様にも、こんな不自由な思いはさせたくない。

「んじゃ、話もまとまったところで行くか」

ラーセルさんが荷車の方へ腕を伸ばしたのを見て、私は「待ってください」と訴えた。

「それだけはどうか、ご勘弁を……！」

ラーセルさんの腕に掴みかからんばかりの勢いで懇願する。

「だって臭い、臭いがあぁぁっ」

「匂い？　そっかぁ？」

ラーセルさんは荷車の方を向いて鼻をすんすんさせ、「分かんねぇな」と言って頭を小さく振った。

〝匂い〟じゃなくて〝臭い〟です。この臭いが分からないなんて、どうかしている。それとも私の鼻が敏感すぎるのだろうか？

「仕方ねぇな。んじゃ、この布でも敷くか」

ラーセルさんはワゴンの上にかけてあったテーブルクロスを手に取ると、それを荷車の上にばさりと投げ広げた。確かに少しはマシになるけれど、臭いが完全になくなる訳ではない。

私は腹に力を入れ、梃子でも動かぬ姿勢を見せた。

「私、歩きます。歩かせてくださいっ」

「人質が自分の足で歩くなんざ、おかしいだろ……。しょーがねーなぁ。よっと」

私の提案を軽く鼻で笑い、ラーセルさんはあろうことか、私をひょいっと肩に担ぎ上げた。自然と頭が下向きになり、みるみる頭に血が集まってくる。

「……えーと、頭に血が上りそうなんですが」

「あんたが荷車を嫌がるせいで、清掃業者に変装して脱出する作戦がダメになっちまったんだから、ちょっとは我慢しろよ」

「はあ、すみません」

どうやら荷車コースは回避できたようなので、我慢することにする。自分で言うのも何だが、私は本当に人質なんだろうか。

行くぞ、と言ってラーセルさんは走り始めた。私を担いでいるというのに、その足取りは軽い。

「そう、いえば、ウィル、フリートさん、は、どこに、いるん、ですか？」

振動のせいで言葉が途切れ途切れになりながらも、私は尋ねた。

ウィルフリートさんが〝闇の蝙蝠（こうもり）〟の一員なら、ラーセルさんの仲間ということになる。彼は今頃、舞踏会場の方を見張っているのか、それとも先に脱出してどこかで待機しているのか。一緒にいた子爵夫人も、もしかしたら仲間の一人なのかもしれない。

「ウィルフリート？　誰だ？　それ」

「え？」

思ってもみなかった返事に、私がうろたえた、その時――

「――止まれ」

背後から、低く押し殺した男性の声がした。

「誰だ！」

ラーセルさんが暗闇に向かって短く誰何（すいか）する。担がれている私には、彼の身体に緊張が走ったのが分かった。

ラーセルさんは私を肩から降ろすと、バランスを崩してたたらを踏んだ私を無遠慮に引っ張り、腰に腕を回す。力が強いので少し苦しいけれど、この緊迫した空気の中で、そんなことは言えない。

「誰だって聞いてんだよ。答えろ！」

再度ラーセルさんが尋ねると、暗闇の中で人影が動き、月明かりの下でその姿が露わになる。

そこに思ってもみない……いや、声を聞いた時から思っていた通りの人がいたので、私は身体を強張らせた。

先程ラーセルさんの緊張が私に伝わったのと同様に、彼も私の動揺に気付いたようだ。私を一瞬だけ見下ろし、口の端を歪めて相手に視線を戻す。

「なるほど……。ウィルフリートってのは、お前か」

ウィルフリートさんはその問いに答えなかったけれど、沈黙は肯定を意味していた。

どういうこと？　ウィルフリートさんは、ラーセルさんの仲間じゃないの？

すると別の方向から、騎士のシェルドガーさんも姿を現した。彼もウィルフリートさんも、これまで一切足音を立てていない。

そういえばラーセルさんも、さっきまで走っていたにもかかわらず、足音は立てていなかった。……忍者ですか？　この世界の男性は。

「そっちがその気なら、俺も名乗るつもりはねぇよ。二人か……人数的には不利だな」

ラーセルさんはニヤリと笑うと、空いている方の手を口に持って行き、指笛を吹いた。

が、何も起こらない。ラーセルさんは焦ったように、もう一度指笛を鳴らす。

「屋敷の外にいたお前の仲間なら、ここへは来ない」

「すでに全員捕らえました」

ウィルフリートさんの言葉をシェルドガーさんが引き継ぐ。

指笛は仲間を呼ぶ合図だったらしく、ラーセルさんが「くそっ」と悪態をついた。

「ついでに、これも交換させていただきましたよ。一歩間違えれば命の危険を伴う薬を使用するとは、許しがたいですね」

シェルドガーさんが懐から小さなガラス瓶を取り出した。こちらに見えるように持ち上げられた小瓶が、月明かりにキラリと光る。

ラーセルさんが自分の胸元をごそごそと探ると、中からそっくりな小瓶が現れた。

「くそっ、黒妃は囮かよ。すっかり騙されたぜ！」

その言葉で、ようやく私の身に起きた事件の全貌が見えてきた。きっと今夜の出来事は、全て陛下によって仕組まれたものだったのだ。

犯罪者が仲間の解放を要求するために、政府の要人等を人質に取るのはよくある話だ。元々は、王妃様を攫う手筈だったのかもしれない。

しかし今夜来たのは、王妃様じゃなくて黒妃だった。ラーセルさんは驚いたことだろう。公爵邸で働いていた彼は、その情報を事前に得ていた可能性もあるけれど。

どちらにしても、誘拐計画は変更なく実行された。陛下たちはむしろ喜んだかもしれない。王妃様が殺されたりすれば、王妃様の母国であるファーディス王国との戦争に発展しかねないが、庶民出の側妃が一人死んだところで何ら問題はないのだから。

陽の陛下が何度も「ごめん」と言っていたのを、今更ながらに思い出す。陛下は私に舞踏会のことを話した時、ひどく言い辛そうにしていた。やっぱり彼は、今夜私を囮にするつもりだったんだ。すり替えられた小瓶にも、効き目は弱いとはいえ、睡眠薬が入っていたに違いない。なぜなら私が眠気を覚えて別室に行かないことには、敵をおびき出して捕らえることができないからだ。

ラーセルさんは「ふん」とつまらなそうに鼻を鳴らすと、空のガラス瓶を投げ捨てた。それは木の幹に当たり、ガシャンと音を立てて砕け散る。

「たとえその薬で死んでしまっても構わねぇよ。どうせ黒妃には、いずれ死んでもらうはずだったんだからな。俺の知ったことじゃねぇさ」

その言葉に、私はぶるりと震えた。ラーセルさんの恐ろしさに。そして自分の考えの甘さに。彼は何だかんだ言って要望を聞き入れてくれたので、すっかり油断していた。クラスの不良君みたいだなんて、見当違いもいいところだ。

このまま彼について行ったら、遅かれ早かれ私は殺されていた。私の遺体は見せしめのために、王宮に届けられたのだろうか。それとも街中で晒されたのだろうか。自分の想像で、全身に鳥肌が立った。

そうか、ここはそういう世界だったんだ。なのに自分だけは平気だって、どこかで思っていた。心の奥底で、無意識に。

あれは中学生の時だった。毎日テレビで交通事故や殺人事件のニュースを見ても何とも思わなかった私に訪れた、両親の事故死という辛い現実。

あの時分かったはずなのに。不幸は突然訪れるって。明日は我が身という言葉があるけれど、その明日はとっくに来ていたんだ……

ずっと黙ったままのウィルフリートさんが、静かに剣を抜いた。シェルドガーさんも、いつでも剣を抜けるように身構える。

「そうか、お前ら国王の犬だな？　……面白れぇ。あんた邪魔だからちょっとどいてろ。逃げるんじゃねぇぞ」

「うわっ」

どんっと突き飛ばされ、足を縛られたままの私は、草むらに無様(ぶざま)に転がった。

国王の犬……ということは、二人は陛下の配下なんだ。確かにウィルフリートさんは盗賊団の一員だということを、はっきりと認めてはいない。

……何だ、それならウィルフリートさんが王宮にいても何の不思議もないじゃないか。私が一人で勝手に勘違いして空回(からまわ)りしてただけだったんだ。

視線を戻すと、どこに隠していたのか、ラーセルさんの両手にはそれぞれ剣が握られていた。どうやら彼は二刀流のようだ。

「シェルドガー、お前は控えていろ」

「ですが……」

「下がれ」

「……はい」

ウィルフリートさんの命令に従い、シェルドガーさんは剣を収めて後ろに引いた。だけどその手は柄を握ったままだ。

——そして二人の戦いが始まった。

ウィルフリートさんが振り下ろした剣を、ラーセルさんが受け止める。辺りに剣と剣がぶつかる不快な音が鳴り響いた。二人は瞬時に離れ、そしてまた剣を繰り出す。

今度はラーセルさんが突き出した剣をウィルフリートさんが受け流し、その隙を突いてもう一方の剣が彼を襲う。それをウィルフリートさんが身を捩って避け、ラーセルさんと再び対峙した。

二人とも動きが速すぎて、私は息をつく暇もない。多分、どちらもすごく強い。

「手加減してやれば、調子に乗りやがって」

「それはこちらのセリフだ」

剣術に関しては、きっとウィルフリートさんの方が上だ。だけどラーセルさんには、型に嵌まらない柔軟性があった。相手の攻撃に合わせて素早く懐に入り込んだり、足技を繰り出したりしている。

体力がない人ならば、すぐにバテてしまうだろう。それなのにラーセルさんは息切れすることもなく、むしろ余裕の笑みを浮かべていた。戦い——いや、殺し合いが心底楽しくて堪らないと、その目が語っている。それは獰猛な肉食獣の目だった。

私は身動きすらできずに二人の戦いを見つめる。

ウィルフリートさんの剣先が、ラーセルさんの頬をかすめた。溢れ出した血の匂いが、ここまで漂ってくる。

「くそっ、やりやがったな！」

お返しとばかりに、今度はラーセルさんがウィルフリートさんの左腕を斬りつけ、ウィルフリートさんはわずかに顔を顰めた。

ウィルフリートさん！　そう叫びたいのに、喉がカラカラに渇いて声も出せない。

視界の端で、シェルドガーさんが一歩前へ動くのが分かる。

「来るな！」

ウィルフリートさんの鋭い一言で、シェルドガーさんはその動きを止めた。その顔がまるで自分が怪我をしたみたいに、苦しげに歪む。

さっきまで舞踏会の会場にいたなんて、嘘みたいだ。私たちは今、あの煌びやかな世界とは正反対の、殺伐とした空間にいる。次の瞬間には誰かが死んでいてもおかしくない、命を賭した一触即発の世界だ。

ラーセルさんが乱暴に後ろへ剣を振った。すると私の頬に、べちゃりと何かが飛んで来る。

「――――っ！」

恐る恐る頬に手をやって見ると、それは鮮血だった。……ウィルフリートさんの血だ。

手が、身体が、がたがた震えてくる。真っ赤な血が、私に両親の死を思い出させていた。

その日は結婚記念日だった。両親は久々に二人きりで映画を見て、食事をする予定になっていた。私を一人家に残すことについて心配する二人を、「もう中学生なんだから大丈夫だよ」と言って送り出した。

その後、家に電話がかかってきて、両親が事故に遭ったと知らされた。あの日から、私は電話の音が嫌いになったのだ。あの無機質な音は、不幸を告げる音に思えてならない。私が携帯やスマホを持つ気になれなかったのは、単にお金がもったいないからという理由だけではなく、実はそのせいでもある。

直接事故現場を見た訳ではないのに、手の平についた血が、両親の流した血に思えた。息が荒くなり、喉がひゅうひゅう鳴る。目を逸らしたいのに、逸らせない。

呼吸をしているのに息苦しく、手足や唇がしびれて頭がぼうっとする。

左手で右手を押さえても、震えは止まらない。私は両手を固く握りしめ、無理やり瞼(まぶた)を閉じた。

どのくらい経っただろう。今までずっと聞こえていた剣戟(けんげき)の音が止んだ。恐る恐る瞼を開けたら、そこにはウィルフリートさんだけが立っていた。

どうやら私が目をつぶっている間に、二人の戦いは終わっていたらしい。

辺りを見ると、ラーセルさんは息も絶え絶えな様子で地面に崩れ落ち、シェルドガーさんの姿はどこにもなかった。お医者さんか警備兵さんを呼びに行ったのかもしれない。

「おい、お前。いつまでそうしているつもりだ？　お前にはまだ、舞踏会を何事もなく終えるという役目が残っているだろう」

「……」

「おい、聞いているのか？」

つかつかと歩み寄ってきたウィルフリートさんは、私の手足を縛っていた紐を剣で切り、腕をぐいっと引いた。

その力が強すぎて、私の身体は彼の腕の中へと入ってしまう。足に力が入らず、私は彼にしがみついた。その途端、身体の震えが止まる。

ウィルフリートさんの体温を感じて、初めて自分の身体が冷え切っていることに気付いた。彼は驚いたように目を瞠ったものの、すぐさま元の冷静な顔を取り戻す。

彼の身体から漂う、濃い血の匂い。ひどい目眩がするけれど、私は己を奮い立たせて、何とか一人で立った。

大丈夫、これは両親の血じゃない。それにウィルフリートさんは生きている。

「止血を……しないと」

「いい。構うな」

持っていたハンカチで止血をしようと、彼の腕へ手を伸ばしたら、すげなく振り払われてしまう。

彼はまるで警戒心の強い野良猫みたいだ。

その目を見上げて、私は悟った。

——ああ、この目だ。この何も映していないかのような、空虚な目。

この目を最初に見たのは、彼が夜中に星見亭から出て行った時だった。その時、彼の存在が私の中に刻み込まれた。そして一緒に星を見た時、その澄んでいるのに昏い瞳に、私の心は囚われていた。

だから放っておけなかった。いけないと思いつつも、彼が捕まらないように、これ以上罪を重ねないように、奔走して。馬鹿みたいに説得して。

そして、どうして彼を好きになったのかも、ようやく分かった。

――昔の私に似ているからだ。

ウィルフリートさんは、両親に先立たれてしまった頃の私と同じ目をしている。

誰にもこの胸の痛みを分かってもらえるはずがない、分かって欲しくもない。勝手に同情して、訳知り顔で接してくる人たちが、疎ましかった。

世界にたった一人で取り残されたという寂寥感に押し潰されそうになりながら、それでも周りを全て敵だと思うことで何とか生きていた、あの頃。

失望、絶望、拒絶、憎悪、諦め、嘆き、孤独、悲しみ……。すべての負の感情が宿った目を、私もしていた。目の前にいる、彼と同じように。

私は彼に、同情しているのかもしれない。ただ、あの頃の自分自身を憐れんでいるだけなのかもしれない。

どちらでもいい。どちらでも構わない。私が彼を好きだという気持ちは、変わらないのだから。

「衣装が汚れているな。舞踏会場へ戻る前に、着替えなければ……」

そう言いながら、ウィルフリートさんは私の頬についた血を、親指で無造作に拭う。

私はその言葉には応えず、その頬にそっと手を伸ばした。

急に頬を触られて、ウィルフリートさんが身体を固くするのが手の平から伝わった。確かに感じる、彼の体温。傷だらけだけど、彼はちゃんと生きている。そのことが堪らなく嬉しい反面、その瞳の奥にある沈んだ色が、私を悲しくさせる。

「あなたは、まだそこにいるんですね」

「何……？」

彼に訝しげな顔をされても、私はその頬から手を離さなかった。

――教えてあげたい。

あなたが戦っている間、手を出せなくて辛そうに見守っていたシェルドガーさん。

「何か放っておけないんだよ、あの子」と息子を見守るような眼差しを向けていたベリンダさん。

いつも遅れて来るあなたの分のお昼ご飯を、そっと残して待っていたホルスさん。

そして……私も。

気付いていないだけで、あなたを想っている人は、きっと、もっと、たくさんいるはず。

「大丈夫です。きっと大丈夫ですから……」

「おい、どうした？」

そのウィルフリートさんの声を聞きながら、薬の副作用のせいかひどい目眩に襲われた私は、今度こそ気を失った。

◆　◆　◆

目が覚めると、目の前に様々な色をした十個の目が並んでいた。

「黒妃様、お目覚めになりましたのね！」

「心配したぞ。大変な目に遭ったようじゃな」

「赤妃様、白妃様……」

フィンディさんとサラージアさんを見た私は、慌てて身体を起こした。

夜だったはずなのに、窓から明るい陽射しが差し込んでいる。いつの間にか朝になっていたらしい。

「アイーダ様、まだ起き上がられない方が」

「医師を呼んで参りますね」

「じゃあ、私は上着と飲み物をっ」

アスティさん、ソフィアさん、エルさんの侍女三人衆が、あれやこれやと動き始める。

社長さんはベッドから引きずり下ろされたのか、不満げな顔で暖炉のそばに寝転んでいた。

「黒妃様が服用されたのは、ただの睡眠導入剤だったようです。気を失われたのは、極度の緊張状態が続いて身体に負担がかかったせいでしょう」

ご年配のお医者さんがそう診断すると、フィンディさんがいきり立った。

「そんなの当然ですわ！　危うく攫われるところだったのですもの！　何当たり前のことを言っているんですの、このヤブ医者は！」

「ヤ、ヤブ医者……？」

罵られたお医者さんは、フィンディさんのあまりの剣幕に震え上がっている。

いやいや、フィンディさん。この人は王宮専属の高名なお医者さんらしいですよ。そんな失礼なこと言っちゃダメですよ。

そう思いながらも、彼女の言葉は私を心配してのものだと分かっているから、とても嬉しくなる。

フィンディさんも言いすぎたと反省したのか、すぐに謝っていた。

だけど、お医者さんは薬を処方するや否や、そそくさと帰ってしまう。よほどフィンディさんのことが怖かったに違いない。去り際に「お大事になさってください」と言われたけれど、その言葉をそっくりそのまま彼にお返ししたいと思った。

「それにしても、〝闇の蝙蝠〟は最低ですわ！　黒妃様を人質にしようだなんて！」

お医者さんが退室してからも、フィンディさんの怒りは収まらなかった。

それを宥めながら、私はベッドで朝食を取る。病人の特権だ。

と言っても食欲はあまりなかったため、果物をすりおろしたものを食べた。いや、アスティさんに食べさせてもらった。

子供の頃以来のことなので恥ずかしさでいっぱいだったけれど、何となく嬉しくもある。

すると、なぜかサラージアさんも食べさせたいと言い出して、最終的には全員がかわるがわる私に食べさせるという、奇妙なイベントが行われた。

身分の差を越えて、皆が皿を奪い合いながらきゃっきゃと笑っている。……何が楽しいんだろう。

人心地ついてから、私は皆に昨夜のことを尋ねた。

あの後、倒れた私はグランデュー公爵のお屋敷に運ばれたという。血に染まったドレスを着ている上に顔面蒼白だったので、アスティさんは私が死んだと勘違いしてしまったらしい。彼女の悲鳴は、お屋敷中に響き渡るほど大きかったそうだ。

意外な情報を聞いてアスティさんに視線を送ると、「何か?」と冷たく返された。

いいえ、何も。真のツンデレはあなたです、アスティさん。

すぐさま仮面舞踏会は中止となり、グランデュー公お抱えのお医者さんが呼ばれたという。そして特に外傷などはないと診断された私は、身の安全を確保するため、陛下に付き添われて王宮に運ばれたのだそうだ。

今頃は〝黒妃誘拐事件〟の噂(うわさ)が、国中に広まっているだろうとのことだった。

だけど私が囮(おとり)に使われたというのは、当然のことながら伝わっていないらしい。余計なことを言うとまた皆が騒ぎ出しそうだったので、敢(あ)えて言わないでおいた。

まあ、過程はアレだけど結果的には無傷だったし、陛下たちも最初から助けてくれるつもりだったようなので良しとする。……良しとしよう。

それよりも、問題はウィルフリートさんだ。彼は無事なのだろうか。腕からは結構な量の血が流れていたはずだ。私のドレスは真っ赤に染まっていたらしいから、とても軽傷とは思えない。

今頃ちゃんとどこかで治療を受けているのだろうか。「必要ない」と言い張って、治療を拒んだりしてなければいいんだけど。

一人思考に耽(ふけ)る私を現実に引き戻したのは、「陛下がいらっしゃいました」というソフィアさんの声だった。

　昨夜は、陽の陛下が遅くまで私のそばにいてくれたそうだ。「目覚める気配もありませんし、陛下のお身体に障りますから」と何度も言われてようやく自室に戻ったものの、私の意識が戻ったと聞いてすぐに飛んで来たらしい。

　大人数の相手をするのは大変だろうからと言って、フィンディさんとサラージアさんは退出することになった。

「あまり陛下を恨んでやるな。あれも、このところ常に迷っておったのじゃ」

　サラージアさんが、去り際に小声で囁いた。

　本当に、彼女はどこまで知っているんだろう。その人の持つ色が見えるだけだと言っていたけれど、実は人の心が読めるんじゃないかと疑ってしまう。

　寝室に入ってきた陽の陛下は、大股でベッドのそばへ歩いてくる。

「ああ、アイーダ、具合はどう？　気持ち悪くない？　何か欲しいものは？」

　陛下は私の手を握らんばかりに詰め寄り、一気に捲し立てた。

　彼が椅子に座るのを確認して、アスティさんたちも寝室を出ていく。

「もう大丈夫です。欲しいものは特にありません」

　私の返事を聞いて、陛下は盛大に溜め息をついた。

「無欲なのはいいことだけど、もう少し我儘を言ってもいいんだよ？」

　その言葉に、私は首を横に振る。

「私はどちらかと言うと強欲ですよ」

いや、むしろ欲の塊だ。快適なお風呂ライフを求めてこんなところまで来てしまったのだから。

今思えば、あの頃の行動力は自分でもすごいと思う。それほどまでに、お風呂に入れないことでストレスがたまっていたのだ。

「……アイーダ」

長い沈黙の後、陛下が絞り出すような声で私の名前を呼んだ。

「はい？」

「……ごめんね。本当にごめん」

「もういいんです。何とか無事に帰って来られましたし、私が陛下の立場でもそうしたと思いますから」

隣室にいる他の人たちの手前、私たちは内容をぼかして会話した。

王国にとって唯一無二の存在である王妃様を危険な目に遭わせる訳にはいかないということは、私にも分かる。そして三人の側妃の中で、平民出の私が最も囮役に適していたということも。

自分が囮で良かったと思えるほど、私は善良な人間ではない。だけどサラージアさんやフィンディさんが同じ目に遭えばいいのにと思えるほど、冷血でもない。

ただ少し、ほんの少しだけ、寂しいと思うだけだ。私の代わりはいくらでもいる、それをまざまざと思い知らされた気がして。

でも、陛下はこんなに一生懸命に謝ってくれている。きっと彼はギリギリまでこの計画に反対してくれたんだと信じよう。今は、それでいい。

それでもしょんぼりと肩を落としたままの陛下に、私はささやかな意趣返しをすることにした。

あれだけ怖い思いをさせられたんだもの、ちょっとくらいはいいよね？

「陛下、これは貸しですよ。いつか利子をつけて返してもらいますから」

陛下は私の意図に気付き、はっとして顔を上げた。そして口元を緩め、大げさに震えてみせる。

「アイーダって……いや、女の人って怖いね」

「知らなかったんですか？　女って、怖くて強い生き物なんですよ」

そのまま二人で見つめ合っていたら、陛下が我慢しきれなくなって笑い出し、途端に室内の空気が明るくなった。

そう、陛下のこんな顔が見たかった。正確に言えば顔は仮面で見えないんだけど、いつまでも二人で鬱々としていたくはなかったのだ。

それに陛下は何一つ間違っていない。むしろ真っ先に決断しなければならない立場なのに、こんなに申し訳なさそうにしていて大丈夫なのかと心配になる。

本当にこの王様は、ちっとも王様らしくない。だけど、そこが長所だと思う。そうじゃなければ、これほど仲良くはなれなかっただろう。

その陛下は、ベッドの奪還を狙っている社長さんの頭を撫でて、嫌がられていた。

こんな和やかな雰囲気の中だったら、聞けるかな。……聞いてもいいかな。

「……陛下」

「何?」

私の声から何かを感じ取ったんだろう、陛下の表情が引き締まったのが分かる。

「ウィルフ……んむっ」

その問いは、陛下の指によって遮られてしまった。

「聞かないで。アイーダに聞かれたら、答えてあげたくなってしまう」

逆に言えば、答えられないということか……。でも、どうして?

「あの人が、そう望んでいるんですか?」

そう尋ねると、陛下が無言で頷く。きっと私がどれだけ必死で尋ねても、陛下は答えてくれないという気がした。なぜ、それほどまでにウィルフリートさんのことを隠すのだろう?

ラーセルさんが口にしていた、〝陛下の犬〟という言葉を思い出す。あの言葉の意味するところは、配下か、手下か、スパイか、それとも——暗殺者か。

あの夜、星見亭に血だらけで帰ってきたウィルフリートさんの姿が、脳裏を過る。

「……分かりました。だけど、お願いです。無事かどうかだけ教えてください」

今回は返り血ではなく、彼自身が血を流していた。傷の具合を見ていないけれど、血の量からはとても軽傷だと思えない。今頃傷が化膿していたり、発熱していたり……ううん、もしかすると出血多量で……

最悪の考えに、私は無理やり蓋をした。

陛下はしばらく黙り込んだ後、よく見なければ気が付かないほど小さく頷いた。

彼は無事なのだ！　そう分かって、私は心底ほっとする。

その時、寝室の扉が遠慮がちにノックされた。

「王妃様がいらっしゃいました」

「エレインが？」

「お通ししてください」

私の言葉の後で、王妃様が部屋に入って来た。彼女は陛下に気付いて目礼すると、私のそばへと歩いてくる。その表情は硬く、青ざめていた。

「昨夜の事件について、先程説明を受けました。わたくしの身代わりにされたそうですね。大変申し訳なく思っております」

王妃様はそう言うと、ドレスの裾を持ち上げて腰を折った。それは自分より身分が上の人に対してするものであり、王妃様ともあろう方が、私なんかにしていいものではない。

「や、やめてください」

慌ててベッドから降りた私は、立ちくらみがしてよろけてしまった。すると恐れ多くも王妃様が支えてくれて、またベッドに戻されてしまう。

「申し訳ございません」

「そんなことおっしゃらないで。謝罪を言わなければならないのは、わたくしの方なのですから」

よほど悪いと思っているのか、そう語る王妃様の表情はまだ硬い。私が「ちょうど陛下に代償を求めていたところですから」と冗談めかして言うと、彼女はやっと少し笑ってくれた。

その様子を見て、陛下も胸を撫で下ろしている。

まだぎこちないものの、ようやく和やかな会話が始まってすぐ、王妃様は立ち上がった。

「お邪魔して申し訳ありません。あとはお二人で……」

「えっ、もう帰るの？　エレイン」

私より先に反応したのは陛下だ。こうして王妃様とじっくり話せるのは久々だからか、とても名残惜しそうな声だった。

どちらかと言えば、お邪魔なのは私の方なのに……。引き止める私たちを振り切って去る王妃様の後ろ姿を見ながら、私は陛下を睨む。

「……まだ王妃様に言ってなかったんですね？」

私たちの間には何もないことを。そしてこれからも何も起きないことを。何たって私たちは、王妃様大好きコンビなのだから。

「あ、うん……何か言うタイミングを逃しちゃって。会う機会も減らされちゃったし……」

「それでも、いい加減言わなきゃダメでしょう」

軽く叱ると、陛下は小さくなってまた「ごめん」と呟いた。

最近の陛下は、謝ってばかりだ。この世界に録音機材があるならば、「ごめん」を録音してリピート再生すればいいのにと思う。

やがて陛下は意気消沈したまま帰っていった。

すると、ソフィアさんが声をかけてくる。

「アイーダ、疲れたでしょう。後でベネトリージュ様もいらっしゃるそうだし、少し眠ったら？」

「そう……ですね、そうします」

ソフィアさんが横になった私にそっと布団をかけ、子供にするようにポンポンと胸の辺りを叩いてくれた。

一人っきりになって静寂に包まれると、急に心細くなる。だけど扉の向こうに人の気配を感じて、少し安心した。シグルトさんはいつ来てくれるのかな。早く、会いたい。

いつの間にこんなに寂しがり屋になってしまったんだろう。今まで一人で生きて来たのに。

そっと吐息を漏らすと、私は自分の左腕に触れた。触るとより一層感じる、鈍い痛み。

腕が痛いのは、ウィルフリートさんに掴まれたからだ。薄れゆく意識の中で、彼が崩れ落ちる私の腕を掴んで揺さぶったのを覚えている。

「おい」とか、「お前」とか、そういった言葉で何度か呼びかけられたことも。そして彼が、ついに私の名前を呼ばなかったことも。

——あれ？

名前を呼ばれなかったって、何だろう。彼は私の名前なんて覚えていない可能性もあるのに。

私は、ウィルフリートさんに名前を呼んで欲しかったのだろうか？

——分からない。何も分からない。

そこで考えることを放棄したものの、その痛みが消えないよう、腕に手を当てたままそっと目を閉じた。

◆　◆　◆

次の日には、私は床(とこ)を上げた。あれ？　ベッドの場合は床を上げるとは言わないのかな？　まあいい、とにかく私は寝たきり生活から社会復帰を果たしたのだ。

皆も私がいつまでも大人しくできないと分かっていたのだろう。あまり無理はするなと忠告するくらいで、すんなり許可してくれた。

我慢できずにサイドテーブルをこっそり拭(ふ)いていたのを、目撃されたせいもあるかもしれない。その時は、さすがに呆れた目で見られてしまった。

清掃女中のアイリスに変装した私は、ウキウキしながら中庭の回廊へ向かう。

階段のところで巡回中の警備兵さんに出くわした。軽く会釈(えしゃく)すると、相手も何も言わずに会釈を返してきた。

私の扮(ふん)するこの野暮(やぼ)ったい清掃女中は、黒妃専属として宮殿に住んでいるという設定なのだ。しかし自分専属の清掃女中を雇うなんて、どれだけ潔癖症なのかと思われていそうで憂鬱(ゆううつ)だった。私は決して潔癖症ではないけれど、この生活を続けるためには、その看板を一生掲げていくしかないのかもしれない。

回廊はあまり汚れていなかった。少し前まで悩まされていた落ち葉もすっかりなくなったし、利用者も少ないからだろう。もちろんエルさんが女中アイリスのふりをして、こまめに掃除していてくれたおかげでもある。

ただでさえ清掃女中時代に磨いていた回廊とは規模が雲泥の差なので、かなり物足りない。

そこで私は、久々に雑巾がけでもしよう、と名案を思いついた。こっちではブラシやモップで掃除するのが基本みたいだけど、雑巾がけは日本人の心だと思う。

寒空の下で腕まくりをし、更にスカートの裾を結んでまとめる。しゃがんで雑巾に両手をのせたところで、深呼吸を一つ。「よーし、行くぞっ」と気合を入れて、私は長い回廊を一気に走り抜けた。

何往復かすると、頭に血が上って軽く汗ばんでくる。全て拭き終えた時には、床に座って足を投げ出し、荒い息を吐いてしまった。

いつもなら掃除し終わった回廊を眺めて一人充足感に浸るところだけれど、今日の私は違う。休憩もそこそこに画廊へ移動し、そこも一心不乱に磨きまくった。何かに急かされるように。そして、何かを思い出さないように。

一人ベッドで寝ていると、どうしても彼――ウィルフリートさんのことを考えてしまうのだ。陛下は無事だと教えてくれたけれど、もしかしたら容体が急変して……なんてこともあるかもしれない。

そうじゃなくても、あれだけの傷を負ったのだから、後遺症が残る可能性だってある。考えれば考えるほど、言い知れぬ焦燥感に苛まれてしまうのだ。

無心で掃除したせいか、予定よりも大分前に仕事が終わってしまった。

部屋に戻って久々に勉強でもする？　それとも皆でお茶でも飲む？　うーん、正直どちらにも惹かれない。それに、何となく部屋には戻りたくない気がする。

だけど、用もなく宮殿の外に出ることは禁止されていた。

……あれ？　でも外出が許されていないのは黒妃の私であって、清掃女中の私なら外出しても大丈夫なんじゃないだろうか？

突然の閃きに自分でも驚いたけれど、それはとても魅力的なアイディアに思えた。

宮殿の入り口で見咎められたら、女中長に呼ばれたとでも言えば大丈夫だろう。

どうしよう。行く？　行かない？

数分悩んで、私はようやく結論を出した。

よし、外に出てみよう。少し散歩するだけで戻ってくるつもりだし、王宮には至るところに警備兵さんがいるから安全だ。

宮殿の入り口を通る時はさすがに心臓がドキドキしたけれど、特に引き止められることもなく、逆に拍子抜けしてしまった。いや、何事もないのが一番なんだけどね。

とにもかくにも、脱出成功です。

「懐かしいな……」

勝手知ったる王宮の庭を自由に歩く。一人きりで外を歩くのも久しぶりだ。

私の足は自然と、毎日のように掃除した回廊へと向かう。

すると、植え込みの向こうから微かに人の気配を感じた。忍び足で近付いてみれば、一人ベンチに座っているジェイクさんの姿があった。

彼は手にサンドイッチを握ったまま、ぼうっとしている。いつも元気な彼にしては珍しい。

「ジェイクさん」

名前を呼ぶと、ジェイクさんははっとして振り返った。だけど私の方を見てがっかりしたような顔をする。あれ、どうしたんだろう？

「誰だ？　……って、まさかアイーダかっ？」

「はい、そうです」

「何でそんな格好を？　あ、変装か？」

「はい」と言って頷くと、ジェイクさんは私の大好きな笑みを浮かべてくれた。そして全く手を付けていないサンドイッチを袋に戻す。食欲がないのかな？

ジェイクさんが横に移動してスペースを空けてくれたので、私はそこに腰を下ろした。

「声でアイーダかとは思ったけど、見た目の印象が違いすぎて分からなかったよ」

「そうですよね、自分が変装しているってことを忘れていました」

私が謝ると「相変わらずだなあ」と言ってまた笑う。だけどジェイクさんは、すぐにその笑いを引っ込めてしまった。

「もう大丈夫なのか？　何だか大変な目に遭ったってのは聞いたよ。今は厨房もその噂で持ち切りだ」

「そうなんですか……。でも、この通りピンピンしてますよ」

私が両手を広げてみせると、ジェイクさんは隅から隅まで観察してから、ようやく安堵の吐息を漏らした。

「アイーダが無事で本当に良かった。ようやく盗賊団も全員捕まったみたいだし、もう安心だな」

「そうなんですか？」

それは初耳だった。私がその話を聞かされていなかったのは、これ以上心労をかけないようにとの陛下の配慮だったのかもしれない。

「そんで、いよいよやつらに刑罰が与えられるらしい」

「刑罰？」

「それぞれの罪の重さに応じた罰が与えられるそうなんだ。身体に罪人だと分かるような刺青や焼印を入れるとか、国外に追放するとか、その他にも禁固、毒殺、公開処刑……色々あるだろうな」

「……それは恐ろしいですね」

またもや異世界の厳しい現実を身近に感じて暗い気分になる。この国の法律を批判する訳ではないけれど、人間が同じ人間をどうこうするというのは聞いていて気分のよくない話だった。

「仕方ないことだよ。俺はむしろ、処罰されて当然だと思うし、せいせいしてもいる。あいつら、本当にやりたい放題だったからな」

そう言って、ジェイクさんは言葉を濁す。私も敢えてその内容を尋ねたりはしない。聞いても更に気分が悪くなるだけだろう。

「きっと公開処刑の日には、大勢の見物人が集まるだろうな。一種の娯楽みたいなもんだから」

「娯楽……」

人が死ぬ場面を見るのが娯楽とは……。私はまたもやカルチャーショックを受ける。私ならそんなものを見てしまったら、食事が不味くなりそうだ。いや、しばらくは何も喉を通らないかもしれない。想像するのはやめておこう。

「なぁ、アイーダ。前に俺が言ったこと……覚えてるか？」

「前に？」

「ああ。もしアイーダが不幸になったら俺が攫いに行くから、ってヤツ」

「……はい。覚えてます」

忘れるはずがない。それは側妃になる直前のことだった。使用人仲間の皆が開いてくれた送別会の時に、ジェイクさんが口にした言葉。

その前日にジェイクさんからキスされたことまで思い出してしまい、私は照れくさくなって少し俯いた。

「アイーダ、俺と遠くへ逃げないか？」

「え……？」

突然告げられた言葉の意味をはかりかねて、私はジェイクさんの顔を見上げた。冗談かと思ったけれど、その顔は真剣そのものだった。

「ずっと考えていたんだ。……アイーダが陛下の寵妃になったって聞いて、毎日胸が掻きむしられるように苦しかった。それでもアイーダが望んだ道なんだから、応援しなきゃって思ってずっと我慢してたんだ。でも、誘拐事件に巻き込まれたって聞いてさ……。アイーダが側妃じゃなかったら、そんな危険な目に遭わずに済んだはずだ。そうだろう？」

「……」

何も言えなかった。けれど、全てその通りだと思った。

私の沈黙を肯定と取ったのだろう。ジェイクさんは力なく微笑む。それは初めて見る表情だった。涙を浮かべている訳でもないのに、まるで泣いているみたいだ。

「これだけ聞かせてくれ。アイーダは今、幸せか？」

「幸せ……ですよ？」

声が微（かす）かに震える。その言葉に嘘はない。なのに私はジェイクさんの顔を、真っ直ぐ見ることができなかった。

「俺だったら、そんな目に遭わせないのに。アイーダを、もっと大切にできるのに」

ジェイクさんが、私の目を切なげに見つめる。

「不安なんだ。アイーダがいつかまた俺の知らないところで、危険な目に遭うんじゃないかって。……いっそのことどこかへ閉じ込めてしまいたいくらいだ」

彼のお日様みたいな瞳が曇り、私はそこから目が離せなくなってしまう。

「俺、早く爵位をもらえるように頑張る。アイーダに不自由な思いはさせないから、一緒にどこか遠くで暮らさないか？　何もしなくていい、ただそばにいてくれるだけでいいんだ」

「ジェイクさん……」

まさかジェイクさんが、まだ私のことを想っていてくれたなんて。

私は、彼に告白された日のことを思い出していた。

あの時は、自分の気持ちが見えなかった。でも、今は違う。私の心には、すでに別の人が住み着いている。

ジェイクさんとの未来を夢見たこともあったのに、今ではとても遠い昔のことみたいに感じる。

あの頃とは、何かが決定的に変わってしまっていた。

「……好きな人が、います」

声を絞り出すようにして答えると、ジェイクさんが息を呑んだのが分かる。

けれど、彼はすぐに平常心を取り戻し、こう尋ねてきた。

「それは、陛下のことか？」

私は頷いた。本当は違うけれど、陛下以外の人が好きだなんて言えるはずもなかった。

この気持ちは、誰にも言えない。——いや、言わない。

「分かった」

ジェイクさんは、私から視線を外して俯く。

「……ジェイクさん」

「お願いだから、一人にしてくれないか？」

「……」

ごめんなさい。ごめんなさい。ごめんなさい。

何度謝っても謝りきれない。たった今、私はまた彼の気持ちを踏みにじったのだ。

拳を強く握りしめるジェイクさんに、かける言葉が見つからなかった。きっと今は何を言っても、彼を更に傷付けてしまうだけだ。

そんな無力な私に唯一できるのは、ジェイクさんのもとから立ち去ることだけだった。

私は王宮内をとぼとぼと歩く。行き先も目的も見失い、まるで迷子のようだった。

人目を避けて庭園内を歩いていたら、いつの間にか外に通じる門まで来てしまっていた。

王宮に出入りする人たちを門番さんたちが念入りにチェックしているのを、遠くからぼんやりと眺める。

「あんた、脱走でもする気？」

ふいに後ろから声をかけられ、振り返る。すると、リジィさんが寒そうに両腕を擦っていた。

「無理だからやめときなよ」

「リジィさん、どうしてここに……。仕事はどうしたんですか？」

「大丈夫、今日の分の仕事はもう終わらせたから。ほら、手ェ冷えてるじゃん。こっちに来なよ」

リジィさんは私の手を強引に引いて歩き始める。その手も大分冷えていた。

とりあえず誘導されるままついて行くと、住み込みの使用人が暮らす棟に辿りついた。リジィさんはそのまま棟の中へ入り、あろうことか元々私が住んでいた部屋の前で立ち止まる。

「リジィさん、ここ……」

「今はあたしが使ってるんだ。もちろん一人でね。快適だよ、幽霊なんて全然出ないし。もし出たら、捕まえて見世物にするんだけど」

鍵を開けたリジィさんに「さあどうぞ」と言われ、私はおずおずと中に入る。ついこの間まで住んでいたはずなのに、あまり懐かしさは感じなかった。

リジィさんが薪ストーブに火を入れると、底冷えのするような部屋が徐々に温まってくる。私をベッドに座らせた後、リジィさんは「ちょっと待ってな」と言って部屋を出て行った。やがて戻ってきた彼女は、手に赤ワインとスパイスが入った小鍋を持っている。

それをストーブの火にかけ、湯気が出るほど温まったワインをカップに注いで手渡してくれる。お礼を言ってふうふうしながら飲むと、身体の内側からじわじわと温まって来る。

「とりあえず、そのかつら取りなよ」

その言葉で、ようやく自分が変装したままだということを思い出した。

「よく私だって分かりましたね」

「まあ、昔取った何とやらってやつでさ。重心のかけ方とか足運びとか、他人の動きを観察する癖があるんだよね。だから、あんただってすぐに分かったよ」

「そうなんですか、すごいですね」

「何の役にも立たないけどね。まあ、今回は役に立ったのかな」

リジィさんが寂しそうな笑みを浮かべる。またブリジットさんのことを思い出しているのかもしれない。

「変装して働いているんです。側妃のままだと掃除もできないので」

「あんたらしいね。側妃らしくはないけどさ」

そう言った彼女の顔にはいつも通りの笑みが戻っていて、私は少しだけ安心する。

パチッ、パチッとストーブの火が爆ぜる。その赤い炎を私はずっと眺めていた。

「どうしてあんなところにいたの？」

「自分でも分からないんです。とにかく歩かなきゃ、遠くへ行かなきゃって、そればかりで」

俯いた私に、リジィさんはとても言いにくそうに尋ねてきた。

「……おっさんと何かあったの？」

はっとして顔を上げると、リジィさんは何とも複雑な表情を浮かべている。まるで質問したことを後悔しているかのような顔だった。

「もしかして、ジェイクさんと約束を？」

「いーや、お昼は食堂で食べてるよ。おっさんは時々あの場所に行って、一人で食べてるみたいだけどね」

「……」

「最近元気がないから、早めに仕事を終わらせて様子を見に行ったんだ。そしたら見る影もないくらいに打ちひしがれてて、でも理由は言わなくて。こりゃダメだと思って引き返して来たら、目の前で同じ面して歩いてるあんたを見かけてさ。あんたってば、こっちにフラフラあっちにフラフラしちゃって見てられなかったから、思わず後を追いかけたんだ」

もしかしたら門の外をぼうっと眺める私を、この寒空の中、ずっと見守っていてくれたのかもしれない。

「ありがとうございます」

「何があったか知らないけどさ、絶対におっさんの方が悪いんだから、あまり気に病まない方がいいよ」

「……違うんです。ジェイクさんは悪くありません。悪いのは……私の方なんです」

その言葉で、リジィさんは何かに気付いたみたいだ。彼女は厳しい環境に身を置いていたせいか、ひどく敏い人なのだ。

「とうとう、おっさんをフッたの？」

リジィさんは知っていたらしい。ジェイクさんが、まだ私を想っていてくれたことを。

私が黙ったままでいると、彼女は再び口を開く。

「あんた、好きな人がいるでしょ？」

あまりに直球な質問に、心臓が跳び上がった。

でもこんなことを聞くなんて、リジィさんらしくない。勝手な印象だけど、「恋？　何ソレ食えんの？」とでも言いそうなのに。

だからきっと理由があると思った。彼女が彼女らしくいられなくなるような、そんな理由が。

リジィさんは立ち上がり、空になったカップにお代わりを注いで、ベッドにどかりと座る。

「そう言うリジィさんは、好きな人いるんですか？」

「なっ！　あ、あたしの話はいいんだってば。今はあんたの話をしてるんでしょ！　いるの？　いないのっ？」

「そんなに熱心に聞くってことは、リジィさん、やっぱり好きな人がいるんですね。誰ですか？昔のお仲間さんとか？」

「やめてよ。あいつらは兄弟っていうか、家族みたいなもんだし」

無意識に私の最初の問いを肯定しつつ、リジィさんは心底嫌そうな顔をした。恋愛相手といえば幼なじみが定番かと思ったけれど、違うみたいだ。

「じゃあ王宮の人ですか？　うーん、人数が多すぎて絞れないですね。私が名前を知ってるのはエニメルさんとかサバントさんとか、ターナーさん、ロードさん、料理長さん、あとはジェイクさん……と……か……」

男性の使用人さんの名前を一人ずつ挙げて行き、ないと分かっていながらも最後に付け加えた名前を聞いて、リジィさんの耳が真っ赤に染まった。私が信じられない気持ちで見ていると、リジィさんがいきなり怒り出す。

「うるさいな、言わなくても分かってるよ、あいつが好きなのは、あんただってことは！」

「リジィさん……」

「しょうがないじゃん、そうなっちゃったんだから！　自分が一番驚いてるよ」

「あーもうっ」と言いながら、頭をぐしゃぐしゃっと掻くリジィさん。

そっか、リジィさんが好きなのはジェイクさんだったんだ。全然知らなかった。

いつから？　ジェイクさんが私を好きだと知る前から？　それとも、後？

気付けば、私の口からは疑問が零れ落ちていた。

「どうして人は恋をするんでしょうね……」

今まで恋をするような相手は周りにいなかった。小さな頃から変わり者と言われて避けられてきたので、学校の男子と話すことさえ稀だったのだ。

だから恋のやり方も、どんな人が好みなのかも、全く分からなかった。なのに、どうして彼を好きだと分かるんだろう。どうして彼以外には、心が動かないのだろう。

「そんなの、あたしの方が聞きたいよ。そういう難しいことは分かんないけどさ、ある日突然、恋に落ちるんだ。叶う叶わないは別にしてね。……恋ってやつは厄介だよ。気付けば、ずっとそいつのことを考えてんだよね」

「気付けば、ずっと考えてる……」

私はリジィさんの言葉を反芻する。確かに考えまいと思っていても、ふとした瞬間に彼の顔を思い描いてしまう。どうして人が報われない恋をするのかは分からないけれど、これだけは分かった。

「恋って苦しいものなんですね」

「あんたも、苦しい恋をしてるんだ？」

「……はい」

今なら分かる。仮面舞踏会の日の夜、私はウィルフリートさんと一緒にいたフィランダルク子爵夫人に嫉妬していた。彼は私のものじゃないのに。私にはそんな資格がないのに。

考え込んでいる私を見て、リジィさんが溜め息をついた。

「あんたの想い人は、おっさんじゃないんだね」

その声は、とても寂しげだった。何だかとても悪いことをしている気分にさせられる。

「……はい」

私の返事を聞いて、リジィさんの顔がくしゃりと歪む。そして、そこに無理やり笑みが浮かんだ。

「変だな。嬉しいはずなのに、今ちょっと泣きそう」

リジィさんは、たとえジェイクさんが自分を選ばなくても、誰かと幸せになって欲しいと願っている。きっと私は今、ジェイクさんだけじゃなく、リジィさんのことも傷付けたのだろう。

「……ごめんなさい」

ぽろぽろと、私の目から涙が零れる。何に対して泣いているのか自分でも分からないけれど、声も出さずにただ涙を流し続けた。

ジェイクさんにひどいことをしてしまった。私をなじることもせず、一人にしてくれと言ったジェイクさん。彼はどんな気持ちで、あの言葉を口にしたのだろう。

今までジェイクさんからもらったたくさんの思い出が走馬灯のように浮かんでは消え、胸を締めつける。

何より、この王宮に来て初めて得た大事な友人を、一人失ったかもしれないことがとても辛い。きっとこの先その辛さをもっと実感することだろうという予想が、私を更に落ち込ませていた。

すると、リジィさんが私を抱きしめてくれた。そして小さな子供にするように、背中をポンポンと優しく叩いてくれる。

「しょうがないよ。こればっかりは、誰にもどーにもできないって。あんたのせいじゃない。誰も悪くないんだ」

その声はどこまでも優しく、かえって涙が出てきてしまう。涙は後から後からとめどなく溢れて、リジィさんの肩に大きなシミを作った。


帰りはリジィさんが宮殿まで送ってくれた。

たくさん泣いた私の瞼（まぶた）は、面白いくらい腫（は）れ上がっている。かつらがあって本当に助かった。長い前髪が目元を隠してくれているおかげで、すれ違う人たちから不審に思われずに済んだ。

こんなに泣いたのはいつぶりだろう。思い出せないくらい昔だったような。何が解決したという訳でもないのに、なぜか少しだけ心が晴れた気がする。

そうか、だから人は泣くのか。悲しいからでもなく、嬉しいからでもなく。溢れ出す自分の感情を落ち着かせるための涙があるのだと、私は初めて知った。

自分の部屋に戻ると、侍女の三人がいつものように出迎えてくれた。

「あら、遅かったわね」

「今、迎えに行こうとしてたんですよ～」

アスティさんはテーブルセッティングをしながら、エルさんは火かき棒で暖炉の火を調節しながら、顔だけをこちらに向けた。

アスティさんを手伝っていたソフィアさんだけが、手を止めて足早に駆け寄ってくる。そのせいで、寝室に避難しようと思った私の退路が断たれてしまった。

「アイーダ、かつらを外すわね」

「いいえ、自分でやります」

抵抗も虚しく、かつらをさっと奪われてしまった。咄嗟に腕で顔を隠そうとしたけれど、急すぎてそれも間にあわない。

私の腫れた目を見て、ソフィアさんは目を丸くした。

「どうしたの？　その顔！」

その声を聞いた他の二人もそれぞれの作業を止めて私に注目する。

「ひどい顔……。もしかして、誰かに何か言われたの？」

「違います、そんなんじゃありません。大丈夫ですから」

「そうじゃなかったら、何でそんな顔を……あいつら、アイーダには何もするなって言ったのに……！」

アスティさんが小声で毒づいた。まるで誰かが私を苛めたとでも思っているみたいに。

「あいつらって誰のことですか？」

私は逃げるのも忘れて、アスティさんを問い詰めた。すると彼女は「しまった」という顔をする。

「誰に何をされたんですか？」

「……」

貝のように黙り込むアスティさんから他の二人に視線を移すと、彼女たちも無言で俯いていた。

三人とも、誰かから何かしらの被害を受けているということ？

……もしかして、その原因は私なんじゃないだろうか。私が平民出身だから。そんな私が陛下の寵妃になったから。

すっかり失念していたけれど、ここの上級使用人は貴族出身者ばかりだ。当然、平民である私やアスティさんたちのことをよく思っていないだろう。むしろ蔑んでさえいるかもしれない。

彼らからの批判を、彼女たちが浴びていた？　そして私には言わなかった？　……私を、守るために。

その考えは、きっと当たっている。そうじゃなかったら何かの折に、きっと文句の一つくらい零していたはずだ。だから私は質問するのをやめる。

「……私のせいで嫌がらせを受けていたんですね」

「ただの女同士の喧嘩よ、大したことじゃないわ」

ソフィアさんが何でもない風を装ってあっさりと言った。

やっぱり……。何で今まで気付かなかったんだろう。振り返ってみれば思い当たる節はある。廊下や回廊で私とすれ違う時、何事かを囁き合う人たちを、アスティさんたちが苦々しい目で見ていたことが何度かあった。

私自身は何を言われたって別に構わないと思っていたけれど、その矛先は彼女たちにも向けられていたんだ。それなのに、それに気付こうともせず、守られる立場に甘んじていたなんて。主人として失格だ。

「あいつらじゃないとしたら、誰があなたをそんな顔にさせたの？」

落ち込んでいたら、アスティさんが問いかけて来た。話題を元に戻されわずかに動揺してしまった私にエルさんが近付き、小さくて可愛い鼻をひくひくさせる。

「これは……ワインとシナモンの香りじゃないですか？」

すると、他の二人がはっとした。

「ジェイクね？　ジェイクなのね？」

「あいつ、アイーダに手は出さないだろうと思っていたのに、何てことを！　エル、ちょっとその辺の警備兵から剣を借りてきなさい！」

「はいっ、喜んで！」

居酒屋の店員さん風に叫んで駆け出そうとするエルさんを、私は慌てて引き止めた。

「いや、違うんです。ジェイクさんじゃありませんから！」

泣いた理由は他にもある。私が叶わぬ恋をはっきり自覚してしまったせいだ。

「じゃあ、どうして？」

「……」

「黙っていたら分からないわよ」

「……」

あくまでも黙秘を貫く私を見て、三人が溜め息をつきながら目配せし合う。

何から話せばいいのかも、話していい内容なのかも分からない。それに口を開けば、また涙が溢れてしまうだろう。

やがて私は長い沈黙を破った。

「すみません。今日は疲れたので、もう休みます」

色んなことが起こりすぎて、もう頭と心が限界だ。

「……そう、分かったわ。お風呂には入るでしょう？　今すぐ用意するから」

アスティさんは私の返事を待たずに支度を始めた。残りの二人も慌ただしく動き始め、私はそれを立ったまま眺める。

「軽食を用意しておくから、お腹が空いたら食べなさい」

「……ありがとうございます」

落ち込んでいるところを見せておきながら、理由は話さない。そんな私に、三人はとても親切にしてくれる。それが心苦しかった。

三人はお風呂の準備を手早く終わらせると、「何かあったら呼んで」と言い残して部屋を出て行った。

――ぽちゃん。

お湯の音が、やけに大きく響く。今夜はとても静かだ。

私の体調を慮って、陛下も訪ねてこないことになっている。陛下が来ない夜に決まって行われる、アスティさんのマナー講座もない。

何もする必要がないというのは、何だか自分の居場所を奪われたみたいで……怖い。

私がここにいる意味は何だろう。何のためにこの世界に来たんだろう。そんなことが次々と頭の中に浮かんでは消えていく。

こんなに支離滅裂な感情は初めてだった。

少し前までの私はこんなんじゃなかったはずだ。根なし草ではあったけど、ちゃんと地に足がついているつもりだったのに。

……ウィルフリートさん。気付けば、彼のことを考えてしまう私がいた。ほら、今も。

彼の存在が、私という人間の根底を揺るがしている。姿かたちは全く違うのに、私と同じ目をしているあの人の存在が、私を私でいられなくする。

知らなかった。恋ってもっと楽しいものだと思っていた。こんなに苦くて後ろめたい気持ちになるなんて、想像もしていなかった。

――ちゃぷっ。

両手を湯船から出して、濡れた手の平を見つめる。あまりにも小さな手。こんな手では、何も掴めないんじゃないか。もし掴めたとしても、指の隙間から零れ落ちてしまうんじゃないか。

私がこの立場を得るために、たくさんの人が手を貸してくれた。私には、その人たちに対する責任と義務がある。それを放棄することは決して許されない。

なのに、あの時——ウィルフリートさんにここから逃げろと言った時、私は守らなければならない人たちを裏切った。かといってウィルフリートさんと一緒に行くことも、彼を捕まえて断罪することも出来なかった。

そんなどっちつかずの態度が一番最低だ。迷わないと決めたのに、私は未だ迷ってばかりいる。私が至らないせいで、アスティさんたちにまで被害が及ぶ。私の考えが甘いから。甘すぎるから。だからなめられる。だから彼女たちが傷付く。

——自分をしっかり持たなければ。

周りの人を守りたいと思うだけじゃ、何の役にも立たない。名実ともに人を守れる人間にならなければ、ここにいる意味がない。恋だの愛だの言っている場合じゃないんだ。

今なら、まだ間に合う。忘れるんだ、何もかも。

あの煌めく銀の髪も、物憂げな蒼い瞳も。確かな温もりを感じた、あの腕も。

全てなかったことにする。たとえまたどこかで彼を見かけても、今度こそ追いかけたりしない。心配したりしない。

……もう心を動かされたりなんかしない。絶対に。

私は目を閉じて、熱いお湯の中にざぶんと潜った。

お風呂から出て髪をタオルで拭いていると、机の上に見知らぬ封筒が置かれているのに気付いた。どこかの貴族さんからの招待状かと思ったけれど、上質な紙ではなかったのですぐに違うと分かる。

手に取って裏返し、そこに懐かしい名前を見つけた私は、急いでペーパーナイフを掴んだ。逸る気持ちを抑えられずに開封し、中に入っていた手紙を食い入るようにして読む。

『アイーダ、元気かい？　手紙ありがとう。でも少し遅いんじゃないかい？　まさか星見亭の元祖看板娘、ベリンダを忘れたとは言わせないよ。

こっちは皆元気だし、店もまあまあ繁盛してるから安心しな。

何だいホルス、うるさいよ。あんたは黙って仕事してな！　ったく、この忙しいのに新作料理ばかり作って、余計な仕事を増やすんじゃないよ。

……って、そんなことはどうでもいいんだ。

お客さんから噂は聞いてたけど、まさか本当に側妃になっちまったなんてねえ！

あんたから王家の紋章入りの手紙が届いても、まだ夢を見てる気分だよ。

それはそうと、字がやけに綺麗だろ？　ナタリシアが代筆してくれてるのさ。私とホルスじゃ、ミミズののたくったような字になっちまうからね。

ちょっとナタリシア、あんた余計なことまで書いてるんじゃないだろうね？　必要な部分だけでいいんだよ、必要な部分だけで！

そんなことよりも、王妃様や他の側妃様に苛められてやしないか心配だよ。あんたは少し誤解されやすいところがあるからね、よくよく注意するんだよ。それに、所構わず壁や床を磨いてやしないかい？　貴族はそんなことしないだろうから、くれぐれも人に見られないようにするんだよ』

そのくだりを読んでギクリとしつつも、皆でわいわい言いながらこの手紙を書いてくれたのかなと想像して、胸が温かくなっていく。

手紙にはナタリシアさんからのメッセージもあった。

『アイーダ、久しぶりね。私もアイーダが側妃になったと聞いて驚いたわ。やったわね！　私が伝授したお化粧方法は役に立ったのかしら？　毎日お風呂に入れてる？

そうそう、前の職場の友達が側妃行列を見に行ったらしいの。それで、アイーダがとても綺麗だったって。私も身重じゃなかったら、這ってでも見に行ったのに。

私の赤ちゃんがもうすぐ生まれるんだけど、もし女の子だったらアイーダの名前をもらってもいい？　アイーダみたいに素直で、きれい好きな子になりますようにって。それに、その強運にもあやかりたいの。きっと玉の輿に乗れること間違いなしね！』

わあ、私と同じ名前を付けてもらえるなんて、とても光栄だ。無表情なところまで似たら大変だけど、あのナタリシアさんの赤ちゃんなら、きっと大丈夫だろう。女の子だったらいいなあ。

そんなことを考えていたら、手紙の最後に書かれた文章に目が留まった。

『私たちはいつでもアイーダの幸せを祈っています。

アイーダの家族　ベリンダ　ホルス　ナタリシアより』

何て、何て嬉しい手紙なんだろう。

この世界に来てから友達も仲間も、そして家族も増えた。元の世界にいた時は、こんな未来が待っているなんて思いもしなかった。

もう一人じゃない、そう思えるようになったのは皆のおかげだ。そして誰かと一緒にいる時間の大切さに気付いた今、もう一人ぼっちには戻れない。……戻りたくない。

この幸せを守るためなら、恋の一つくらい失っても平気だ。

私は私の幸せを守る。守ってみせる。

そう決心すると、思いの外すっきりした。

人間、気持ちが落ちるだけ落ちたら、あとは上がるしかないんだ。きっと人は落ち込んだり立ち上がったりを何度も繰り返して、先に進んでいくのだ。

私も、少しは人として成長したってことかな……

手紙を封筒に戻した私は、それを一度だけ胸に抱いてから机の中にしまった。


私がベッドに入るや否や、すでに真ん中に寝そべっていた社長さんが、太い前足を私の目の下にのせた。肉球のぷにぷにした感触が気持ちいい。

そこは、ちょうど腫れて熱を持っていた場所だった。まるで社長さんが、もう泣くなとでも言っているかのようだ。

「社長さん、もしかして慰めてくれているんですか？」

嬉しくなって、彼のふくよかな身体をぎゅっと抱きしめる。ふわふわモコモコの白い毛と温もりを堪能し――ようとしたら、不満げな声が聞こえて、するりと腕から逃げられた。どうやら私の勘違いだったみたいだ。

それでも社長さんは私の身体に寄り添って寝転び、こちらを見て目を細める。ただ単に暖を取っているだけかもしれないけど、何だか見守ってくれている感じがして、とても嬉しかった。

◆　◆　◆

翌朝、私は朝食の準備をするアスティさんたちに、こう宣言した。

「今後、貴族さんからの招待は時間が許す限り全て受けますので、どうぞよろしくお願いします」

その宣言に対する三人の反応はそれぞれ違った。アスティさんは訝しげに、ソフィアさんは心配そうに、そしてエルさんは期待に満ちた目を私に向ける。

「アイーダさん、どうしたんですか!?　急に」

「そうよ、できれば行きたくないって言ってたのに」

「本気なの？　ここから一歩でも外に出れば、あなたの味方は一人もいないかもしれないのよ？」

「覚悟はしています」

三人の目を順番に見て自分の意思を伝える。

この王宮に引きこもっていたら、状況はいつまでも変わらない。昨夜の決心を忘れないために、一日でも早く行動に出なければ。

そうして、私の地道な戦いが幕を開けた。

最初の数件は何事もなく終了した。他の招待客が控えめな方だったり、私と親しくしておいて損はないと思っている方だったりしたので、わりと好意的に受け入れられたのだ。私は言葉遣いや所作に注意しつつ、相手の話に適当に相槌を打っていれば良かった。

意外と簡単だなあと思っていた矢先に、ちょっとした揉め事が起きた。

その日はトロワリー伯爵夫人のお茶会に招待されていた。夫人は柔和な笑顔が素敵な方で、息子さんの花嫁候補を探しているらしく、招待客は未婚のご令嬢が多かった。

なぜ私が呼ばれたのかは分からないけれど、もしかしたら陛下の寵妃とされている私に、ご令嬢方が結婚したくなるような話をしてもらいたかったのかもしれない。

そこに私より遅れて、フィンディさんとサラージアさんもやってきた。

「あら。黒妃様もいらっしゃってたの？」

「だったら一緒に来れば良かったのう」

どうやら伯爵夫人は中立派らしく、側妃を三人とも招待したみたいだ。これは心強い。

二人が他の招待客と挨拶を交わすのをぼんやり見ていたら、三人のご令嬢が私に歩み寄ってきた。

「黒妃様」

彼女たちが丁寧にお辞儀してくれたので、私も同じくお辞儀を返す。

三人から自己紹介されて、頭の中の貴族名鑑を急いで捲る。

確か、全員子爵家のご令嬢だったはずだ。それも比較的裕福な。

その記憶を裏付けるように、三人はとても高そうなドレスを身に着け、流行りの髪型をしていた。

全員美人なのは間違いないけれど、ドレスと髪型が似ているせいか、見分けがつきにくい。

そのため、とりあえず髪飾りとドレスの色で見分けることにした。そして頭の中で必死に彼女たちの名前を復唱する。そもそもカタカナの名前は覚えにくくて苦手なのだ。

「わたくし、黒妃様にお目にかかれると聞いて、とても楽しみにしていたのです」

モスグリーンのドレスを着たご令嬢が、爽やかな笑顔で嬉しそうに言う。するとクリームイエローのドレスを着たご令嬢とサーモンピンクのドレスを着たご令嬢も同意した。

「ありがとうございます。私も皆様にお会いできて、大変嬉しく思っております」

会いたかったと言われて嫌な気がするはずもなく、私は素直にお礼を言った。

「わたくしたち、黒妃様にぜひお教えいただきたいことがございまして……」

一人が控えめに申し出てくる。

もしかして、陛下とのことを聞かれるのだろうか。ボロが出ないように、そつなく答えなければならない。

「私にお答えできることでしたら」

身構えつつ了承すると、三人はお互いに目配せし合う。そして一番気の強そうなモスグリーンのご令嬢が口を開いた。

「黒妃様がどうやって陛下のお心を掴まれたのかを、ぜひ教えていただきたいのですわ」

「わたくしもぜひお聞きしたいです。どうすれば黒妃様みたいに、殿方を自分の虜にできるのでしょう?」

「きっと何か他の方とは違う、手練手管がおありなのでしょうね」

笑顔で言い放たれた言葉は、一見普通の言葉に聞こえる。だけど、彼女たちのちっとも笑っていない目が、裏の意味を教えてくれた。

つまり「あんたみたいな女がどんな汚い手を使って陛下に取り入ったのか、この場で言えるものなら言ってみなさいよ」という訳だ。実にお金持ちのお嬢様らしい遠回しな嫌味である。

昔から「暗い」とか「何考えてんのか分かんなくてキモい」などと面と向かって言われてきた私には、このくらいの嫌味など大したことではない。むしろ少し離れた場所にいるフィンディさんとサラージアさんの方が、驚きに目を見開いている。

「黒妃様は……」

フィンディさんは私のそばへやってくると、気色ばんで反論しようとした。

そんな彼女の腕を、私はやんわりと押さえる。

ここで代わりに言ってもらうのは簡単だし、気も楽だ。きっとフィンディさんなら、この場をうまく収めてくれるだろう。

だけど、それじゃ私が勝ったことにはならない。

フィンディさんの怒りを感じ取ったのか、三人は少し怯んだ。けれど私が彼女を止めたのを見て、また横柄な態度を取り戻す。私が負けを認めたと思ったらしい。

相手の性格と実力を見誤るとは笑止。伊達に今まで一人で生きて来た訳じゃない。一日一個のおにぎりで飢えを凌いだ女の底力、見せてやりましょうっ！

カーンッ、とゴングの音が聞こえた気がした。銭湯……違った、戦闘開始だ。

「手練手管などは特にありません。それに見ての通り、美しさにおいては皆様の足元にも及びませんし」

私が謙遜してみせると、ご令嬢方はその通りだと言わんばかりに胸を反らした。私は冷静さを保ったまま、「ですが」と続ける。

「陛下は毎日の政務に大変お疲れで、夜には必ず私のもとへいらっしゃいます。私と話すと楽しいし、一緒にいると心が安らぐからとおっしゃって。そして、寝る前には激しい運動をなさいますから、その後は私の横でよくお眠りになられますね」

相手を褒めつつも、自分が優位であることを仄めかす。アスティさんに習った社交のコツだ。陛下の言葉は実際に言われたものなので嘘ではない。それに私の部屋だと自分の部屋で寝るよりよく眠れるとも言っていた。

なぜなら陛下は寝る前に必ず、社長さんと戯れるのだ。威嚇されたり猫パンチされたりすると楽しいらしく、いつも三十分近くベッドの上を二人……いや、一人と一匹で転げ回り、その後ぐっすりと眠る。

とはいえ気を許していない相手のそばで寝られるはずがないので、陛下は私に心を許しているのだと、暗に誇示してみせた。

するとご令嬢方は、頬をポッと赤く染める。

どうしたんだろう。暑いのかな？　室内はちょうどいい温度なのに……

「黒妃様、それはちょっと……」

私の後ろでフィンディさんが呟く。振り返ると、彼女の頬も真っ赤だった。

あれ、何か違った？　それとも言葉遣いが間違っていた？　だって尊敬語とか謙譲語とか、難しすぎるんだもの。

サラージアさんはといえば、目を細めてなりゆきを見守っている。どうやら内心で笑っているらしい。……声を出して笑われないだけマシだと思おう。

ご令嬢方はゴニョゴニョと何事かを呟くと、足早にどこかへ消えた。最初の勢いはどうしたんだろう。あっけなさすぎて少し物足りないくらいだ。

するとようやくサラージアさんが、すすすと近付いてきた。笑いを堪えきれなくなったのか、唇の端がつり上がっている。

「未婚の娘どもには、少々刺激が強すぎたようじゃな」

「刺激？　何のことですか？」

「……その鈍感さが、黒妃の武器かもしれんのう」

サラージアさんは、私の問いには答えてくれない。この世界の人は、質問しても明確な答えをくれないことが多いなあ。


夜になると、陽の陛下が部屋にやってきた。

「それは大変だったねぇ」

すっかり茶飲み友達と化した彼は、まるでおじいちゃんのようにお茶のカップを両手で持ったまま、何度も頷く。

もちろん、陛下には余計なことは話さず「嫌味を言われたけれど聞き流して事なきを得た」とだけ報告している。

陛下はなぜか私の話を聞きたがる。その日にどんな人とどんな会話をしただとか、何が面白くて何が面白くなかっただとか、細かいところまで一生懸命に聞いてくるのだ。

そして侍女さんたちの話にも、ちゃんと耳を傾ける。最初は遠慮していたアスティさんたちだけれど、近頃では陛下との会話を楽しんでいるようだった。

「いえ、大したことではありませんよ」

心の中で、「嫌味自体は」とつけ足す。

あの後、せっかく伯爵夫人のご子息が挨拶(あいさつ)に来たというのに、三人のご令嬢は気もそぞろだった。私と目が合う度になぜか赤面して、最後にお別れの挨拶をした時も恥ずかしそうに俯(うつむ)いていたのだ。もう私を攻撃する気はなくなったみたいだけど、仲良くもなれなかったので、今日の戦いは私の負けだ。次こそは勝たなければ。この場合の勝ちとは、相手を懐柔(かいじゅう)することである。

「目が変わって来たね」

決意を新たにする私を見て、陛下が口元を綻(ほころ)ばせた。

「目、ですか？」

「うん。何て言うか、前よりももっと……強い意志みたいなものを感じるよ」

「そうですか。自分では分かりませんが、そう見えるなら嬉しいです」

見つめ合う私たちを見て、アスティさんたちが退室していく。私たち二人の間に、ありもしない甘い空気を感じ取ったらしい。

違うと言って引き止めたかったけれど、特にしてもらうべきこともないので、そのまま見送った。

そして陛下と二人で歯を磨く。この世界の歯ブラシには固い動物の毛が使われている。最初は抵抗があったけれど、もうすっかり慣れた。それに歯磨きができないなんて、お風呂に入れないのと同じくらい気持ち悪い。

私が毎晩、歯の一本一本を丁寧に優しく磨いていたら、陛下もそれに倣って一緒に磨き始めた。それまでは今の半分くらいの時間でちゃちゃっと磨いていたそうだ。

八十歳になっても二十本以上の歯を保つために、これからはよく磨くようにと言っておいた。この国の平均寿命は日本よりは短かそうだけど、陛下なら栄養状態も良いし、性格的にも長生きするだろうから。

二人で一緒に歯を磨く姿は、まるで本当の夫婦みたいだ。まあ一応婚姻関係を結んではいるんだけれど、実感はない。親子……いや、兄妹のような気持ちだ。

「そう言えば、結局〝至上の宝玉〟ってどうなったんですか？」

盗賊団は捕まったものの、結局〝至上の宝玉〟がどうなったのかという話は聞いていない。

「ああ、あれね。本当にこの王宮にあるなら見てみたいものだよ」

「えっ？　もしかして、あれはデマなんですか？」

「さあ、どうだろ。何せ誰も見たことがないからね。実在するのかどうかさえ分からないんだ。嘘か本当か定かではないけれど、噂(うわさ)では金と銀でできているらしい」

「金と銀……？」

宝玉というからには球体なのだろうとは思っていたけど、金と銀で作られた球体がどうしても想像できなくて、カラオケルームなんかにあるミラーボールが頭に浮かぶ。すぐにそんな馬鹿な、とその想像を打ち消した。

それとも金と銀というのは比喩(ひゆ)で、本当は似た色の宝石なのだろうか。金というのはオレンジ色や黄色の宝石で、銀というのは透明な宝石とか？　透明と言えばダイヤモンドが有名だけれど、それならかなり高そうだ。

そう話してみたら、陛下は「そうかもしれないね～」と言ってあくびをした。

どうやら今日もお疲れのようだ。それなのに側妃のもとへ通わねばならないとは、王様って本当に大変だなあと同情してしまう。

ベッドへ移動すると、すでに社長さんが布団の上で丸まっていた。陛下はそんな彼の首をそっと撫でる。いつもと違って社長さんも気持ちよさそうに首を反らした。

陛下の雰囲気が更に柔らかくなるのが分かる。デレっとしていると言ってもいい。

「ようやく懐いてきましたね」

「長かったな～。でも嬉しいよ」

調子に乗った陛下が背中やお腹を触(さわ)ると、社長さんがシャッと威嚇(いかく)した。やっぱり構いすぎるとダメみたいだ。陛下も学習しないなあ。

社長さんがゴロゴロと喉を鳴らす日が来るのはいつになるんだろう、と私は思うのだった。

◆　◆　◆

「まあ、黒妃様。素敵なお召しものでございますね」

「ありがとうございます」

「本当に。特にこの袖の飾り部分など、繊細で素晴らしいですわ。恐れ多いことながら、ぜひご贔屓の仕立屋を教えていただきたいものです」

「申し訳ございません、このドレスは陛下にいただいたので、どこの仕立屋のものかは存じておりません……」

　私がそう告げると、周囲のご令嬢方は目に見えて肩を落とした。お世辞だと思っていたけれど、どうやらそれだけでもないらしい。やはりどこの世界でも、女性はファッションに目がないみたいだ。

　今日も私は、上級貴族のお茶会に参加している。側妃に出席してもらうと箔がつくらしく、以前にも増して多くの招待状が届くようになった。

　そんな中、私は一人の伯爵令嬢に出会った。

　部屋の隅っこに所在無さげに佇む彼女は、色白のご令嬢方が多い中では色黒とも言えるほど健康的な肌の色をしている。着ているドレスは何度も洗濯しているのが分かる上に、やや時代遅れの型だった。

だけど赤みがかった金の髪はとても豊かだし、緑の瞳は若葉みたいに綺麗な色だ。そのしなやかでありつつ芯が強そうな健康美に、私は興味を持った。

私がそばに行くと、彼女は慌てて頭を下げる。

「初めまして。黒妃アイーダと申します」

「も、もちろん存じております。ご挨拶が遅れて申し訳ございません。私はアビー・フォルリックと申します」

私はまた頭の中の貴族名鑑を捲った。確かロズシェイン王国北部にあるヒルベリードという土地を領地に持つ、伯爵家のご令嬢だったはずだ。

「ヒルベリードは今、雪で大変なのではないですか？」

「まあ、黒妃様は当家の領地のことまでご存じなのですね」

アビーさんは感激して目を潤ませた。が、すぐにその目を恥ずかしそうに伏せてしまう。

「このようにみすぼらしい格好で、さぞ驚かれたことでしょう。我がフォルリック家は貴族といえども、あまり裕福ではないのです。使用人は必要最低限しかいないので、家のことは何でも自分で致しますし、小作人と一緒になって畑を耕すこともございます」

「そうなのですか。それでは収穫の際の喜びは一入でしょうね」

私が相槌を打つと、アビーさんは目を輝かせた。表情が豊かで実にうらやましい。

「それはもう、望外の喜びでございます！　もちろん収穫の時も嬉しいのですが、作物が日に日に成長する様を見ると、まるで我が子のように愛おしくなって……！　あ、申し訳ございませんっ」

共感してもらえて嬉しかったのだろう。アビーさんは興奮して捲し立てた後、大声を出してしまったことに気付き、頭を下げた。

大分猫を被っているらしい。その点は私も同じだ。先程から慣れない言葉遣いに舌がもつれそうだった。

「……黒妃様は市井で働かれたことがあるとか。それを聞き及び、失礼ながら黒妃様には最初から親近感を持っておりました」

「失礼なんてとんでもないことです。とても嬉しく思います」

私が手を差し出すと、アビーさんは目を見開いた。

そしてその手を遠慮がちに握る。若い女性にしては大きくて硬い手であることが、手袋の上からでも分かった。これも私と同じ、働く人の手だ。

蝶よ花よと育てられ、重いものは何一つ持ったことがありませんといった感じの裕福なご令嬢方より、よっぽど好感が持てる。

「私も機会があれば、ぜひ畑を耕してみたいものです。これからどうぞよろしくお願いいたします」

私がしっかり手を握ると、アビーさんは頬を染め、心底嬉しそうな笑みを浮かべた。

聞けば、アビーさんは農作業ができない冬の間だけ社交界に出ているのだという。彼女が田舎暮らしの大変さを語ってくれ、私はその話にすっかり夢中になっていた。

それを遠くから見守っていたらしい他のご令嬢方が、徐々にその輪を狭めてくる。その中でたまたま目が合った人に挨拶(あいさつ)をすると、勇気づけられたのか、近付いてきて挨拶を返してくれた。

そこから会話が始まり、どんどん人が増えてくる。皆で移動してソファに座り、私たちはゆっくりと会話を楽しんだのだった。

第四章　深夜に怒涛の展開が待っていました

「今日の首尾はどうだったんですか～？」

「結構いい感じだったと思いますよ」

エルさんの質問にそう答えると、すぐさまアスティさんから「アイーダ、言葉遣い！」と注意されてしまった。

最近、私が公の場に出る機会が増えたせいか、彼女は前にも増して神経質になっている。

「全く、本当に大丈夫だったのかしら」

別室で待機していたアスティさんは、お茶会の間、ずっとやきもきしていたらしい。

「大丈夫だったと思いますよ。知り合いもたくさん増えましたし」

全員とは言わないけれど、かなりの人数のご令嬢方と触れ合えたと思う。元々友好的だった人はもちろんのこと、中立派の人や敵対していた人とも一通り会話をして、何とかイメージアップを図ってみた。

そのうちの数人とは大分打ち解けたと思う。……多分。

「まーまー、アスティさん。アイーダさんも頑張ってるんですから～」

エルさんが取り成すと、アスティさんは不承不承といった風に頷いた。

「……確かにそうね。最初の頃を思えば、信じられないくらいの進歩だと思うわ」

良かった。何とか及第点をもらえたみたいだ。

「お風呂の準備できたわよ～」

浴室の方からソフィアさんの声がする。

「ご希望通り、あっつあつにしておいたから」

「ありがとうございます」

「よくあんな熱いお湯に浸かれるわね。私なら茹で上がってしまいそうよ」

「私は意外と熱いお風呂に慣れてきましたよ～。アイーダさんの気持ちが分かってきた気もしますっ」

「そうでしょう、そうでしょう」

ようやく分かってくれましたか。エルさんと私は何度も頷き合った。

侍女三人組は陛下が来ない日に限り、順番に私の部屋のお風呂を使っている。アスティさんとソフィアさんは、冬だというのにかなり水を足してから湯船に入るのだ。私にとってそれはぬるま湯で、彼女たちが風邪を引かないか心配になる。

エルさんは徐々に熱いお風呂に慣れていき、今では立派な江戸っ子スピリッツが芽生えつつある。……彼女は東京生まれじゃないけれど。

侍女用の私室には浴室が付いていないので、「今日も入っていきませんか」と三人を誘ってみたものの、「寒いからやめておく」と断られてしまった。なので、今夜は社長さんと一緒に入ることにする。

いつも自分で身づくろいをしている社長さんだけど、たまにはちゃんとお風呂で洗ってあげたい。ちなみに社長さんは猫としては珍しく、お風呂に入ることを嫌がらないのだ。進んで入ろうとはしないけれど、頑なに拒否する素振りもない。

大きな盥に少量のお湯を入れておけば、あとは彼自身の体積でちょうどいい湯量になる。たまにはぼってりお腹も役に立つもんだと、私は密かに感心していた。

お風呂をゆっくり堪能した後、ネグリジェに着替えて社長さんの身体を拭く。

すると突然、社長さんが顔を上げ、耳をぴんと立てた。

「どうしたんですか？　社長さん。トイレですか？」

社長さんは私を無視して虚空を睨んでいたけれど、全身をぶるぶる震わせて水分を飛ばすと、おもむろに歩き出した。そして居間へと続く扉を爪で引っ掻き始める。

お腹が空いているのかな？　と思いつつ、燭台を手にして私もそちらへ向かう。扉を少し開けてあげると、社長さんはその隙間からするりと抜け出していった。

すでに暖炉の火を落としてあるので、居間は少し寒い。

確かミルクがまだ残っていたから、それで朝まで我慢してもらおう。

そう思って、ミルクが置いてあるテーブルに近付いた時だった。

ずず……ずず……

また正体不明の物音が微かに聞こえてきた。王宮に来てから何度か聞いた、何かを引きずるような音だ。

社長さんは今、私のすぐ近くにいる。ということは、この音の主は社長さんではない。もしかすると今までの音も、社長さんではなかったのだろうか？

幽霊なのか、泥棒なのか、それとも……

――この音の正体を暴（あば）いてやろう。

そんな勇気とも無謀とも言いがたい欲望が、私の中に湧き上がる。

社長さんを見ると、ソファの上に乗って優雅に毛づくろいをしていた。肝心な時に役に立たないんだから……すみません嘘ですごめんなさい。

そんな私の心を読んだかのように、社長さんが睨んできた。

自力で探すことにした私は、耳を澄まして音の発生源を探る。音が壁に反響しているせいか、なかなか探り出せなかった。そこで私は床や壁に直接耳を付け、徐々に狙いを絞っていく。

するとその音は、居間の壁の方から聞こえてくることが分かった。その向こうは外で、足場も何もないはずなのに。

音は定期的に鳴り、しばらくするとやむのを繰り返しながら、段々と大きくなってきた。

好奇心が、次第に恐怖へと変わっていく。

ずず……っ、ドンッ！

「――っ！」

一際（ひときわ）大きな音が響き、部屋が振動した。

間違いない。この壁の向こうに、何かがいる。

その時、微かに人の呻き声のようなものが聞こえた気がした。

誰かが苦しんでいる？

だとしたら、幽霊なんかじゃない。生きた人間がこの壁の向こうにいるのだ。

私は恐怖心を抑えて壁を注意深く眺めた。すると飾り棚と壁の隙間に、壁紙が途切れている箇所があるのを発見する。

もしかして、浴室だけでなく、ここにも隠し扉が？

私は重い飾り棚を全力で横に移動させ、壁紙の切れ目部分を手で探る。するとそこには金属製の取っ手が埋め込まれていた。

これだ……！

逸る気持ちで取っ手に手をかけたところで、いや待てよ、と思い直す。

相手が善人だとは限らない。扉を開けた瞬間に襲いかかってくることもありえる。

何か武器になるものは……と思いつつ周りを見回したら、近くに火かき棒があった。私はそれをしっかりと掴んで扉に向き直る。

そして警戒しつつ隠し扉を開けると、扉の向こうの暗がりから、人が転がり込んできた。

想定外の出来事に、思わず火かき棒を取り落としてしまう。更には倒れてきた人を受け止めきれず、床に尻もちをついた。

そして腕の中にいる人物が誰か分かった時、私は驚きのあまり声を失う。

「……っ！」

私の腕の中に倒れ込んだのは――ウィルフリートさんだった。

どうして、こんなところにこの人が？

扉の向こうには、狭くて暗い隠し通路のようなものがあった。その暗闇を呆然と眺めていたら、剣が床に落ちる音がして、私はやっと我に返る。

「どうしてあなたが……？」

声をかけると、彼はうっすら目を開けた。

「ここ……は……？」

「私の部屋です。あなたは壁の向こうで倒れていたみたいで――」

ウィルフリートさんはその言葉を最後まで聞かず、私の腕から逃れようと抗った。彼の身体は布越しでもひどく熱い。そして呼吸も荒かった。高熱があるに違いない。

「放……せ、〝闇の蝙蝠〟……脱獄……」

「脱獄？」

まさか、地下牢から脱獄した人がいるというの？　もしかして、ウィルフリートさんは熱があるにもかかわらず、それを捕らえようとしていたとか？　……なんて無謀な！

「そんな身体じゃ無理ですよ！」

案の定、ウィルフリートさんは立ち上がってすぐに体勢を崩し、膝を突いてしまう。更に意識が遠のいたのか、その身体がふらりと傾いだ。私は彼を慌てて抱きとめ、何とか頭だけは守る。

どうしよう。すぐにベッドに運ばなきゃ。このままじゃ、ますます熱が上がってしまう。

ただし、どうやって彼を運ぶかだ。ウィルフリートさんは成人男性で、しかも背が高いので、肩を組んで支えることはできそうにない。

なんの！　伊達に毎日重い脚立を持ったり、水の入ったバケツを運んだりしてませんよ……！

私はお腹にぐっと力を入れると、ウィルフリートさんの両脇に腕を差し込み、ずるずると引きずり始めた。

ごめんなさい。ひどい扱いですけど、ちょっとの間だけ我慢してくださいね！

苦労してベッドの上まで運び終えた頃には、私も彼と同じくらい息が上がっていた。

社長さんがベッドに飛び乗り、ウィルフリートさんのかたわらに寝そべる。彼を心配しているのか、前足をその腕にのせた。

ベッドに横たわるウィルフリートさんの額には脂汗が浮いていて、ひどく辛そうだった。その汗をタオルで拭ってあげた後、私はキャリーバッグが仕舞ってあるクローゼットをじっと見つめる。

あの中には、――解熱剤が入っている。

高校卒業と同時に一人暮らしを始めた私は、夏を迎える頃に微熱を出した。ウイルス性ではなさそうだったし、病院に行くお金もなかったので、市販の薬を飲んで治したのだ。その時の薬がまだ残っている。使用期限も大分先だったはず。

いや、でも……と、一抹の不安が胸を過る。

先日、私が気絶した時に処方された薬は、乾燥させた薬草などを粉にした、いわば漢方薬のようなものだった。元の世界で売られていた錠剤やカプセル薬みたいなものは、この世界には存在しない。

使っていいのだろうか。この世界には存在しない、あの薬を。

「……っ」

その時、ウィルフリートさんが苦しげに呻いた。さっきより熱が上がっているのかもしれない。

——迷っている暇はない。

私はキャリーバッグから解熱剤の箱を取り出すと、説明書きを読む。十五歳以上の大人は一回二錠、一日三回まで。服用間隔は四時間以上、なるべく空腹時を避けること。

これだけ高熱があるなら、食欲がなくて食事を取っていない可能性が高い。だけどこの様子じゃ、今から何か食べさせることもできないだろう。

私はシートを指で押し、錠剤を一つだけ取り出した。これは胃の負担を減らすためであると同時に、薬が変に効きすぎるのを警戒してのことだった。

「薬です。飲んでください」

薬と水を口元に持って行ったけれど、ウィルフリートさんは飲んでくれなかった。熱で意識が朦朧としているのか、無言で荒い息を繰り返すばかりだ。

自力で飲むのは無理かもしれない。下手をすれば、喉に詰まってしまう危険性もある。

じゃあ、砕いて粉にすればどうだろう。

私は机に向かい、タオルと紙を重ねたものに薬を包んだ。そして固いものを探して視線を彷徨わせ、机の隅にペーパーウェイトがあるのを発見する。

真珠色をしたそれはとても高そうだけれど、私は躊躇することなくわし掴みにし、勢いよく振り下ろした。タオルと紙を開いてみたら、錠剤は見事に細かく砕けている。

「ウィルフリートさん、お願いですから飲んでください」

彼がわずかに目を開き、こちらを見た。それを了承と見なした私は、砕いた薬を彼の口に入れ、水をゆっくりと注ぐ。

するとウィルフリートさんは咽て、薬を口の端から零してしまった。

「だ、大丈夫ですか？」

彼はその問いにも答えず、虚ろな視線を宙に向けた後、目を閉じる。

その瞬間、私は激しく動揺した。

ウィルフリートさんが死んじゃう。そんなの嫌だ。絶対に嫌だ。

彼に対する気持ちを封印すると決めたものの、それは彼がどうなってもいいという意味ではない。たとえ二度と会えなくても、彼にはどこかで必ず生きていて、なおかつ元気でいて欲しかった。

お願い、死なないで。私のために。私がここで生き抜いていくために。あなたが生きていてくれさえすれば、私も頑張れるから。

私は再度薬を砕き、その粒を自分の口に入れる。そして水を含むと、ウィルフリートさんに口移しで飲ませた。

彼の身体が一瞬固くなる。その後、彼の喉がこくりと鳴って、ちゃんと薬を飲み込んだことが分

かった。

どうか、薬が効きますように……！

祈るような気持ちでしばらく様子を窺っていると、薬の効果が表れ始めたのか、荒かった彼の息がわずかに落ち着く。やがて静かな寝息が聞こえて、私は胸を撫で下ろした。

タオルを濡らしてウィルフリートさんの額にのせ、頬に張り付いた髪を指で払う。よく見ると着衣は乱れ、いくつかの釦が外れていた。きっと熱で寝込んでいたのに、〝闇の蝙蝠〟が脱獄したと知り、急いで着替えのだろう。

「あっ」

釦を留めてあげようと思って手を伸ばした時、シャツの隙間から傷跡が見えて、私は手を引っ込めた。

星見亭で彼の服を洗った時は気付かなかったけれど、古い傷から新しい傷まで、その数は決して少なくない。きっと見えない場所にもあるはずだ。

どうしてあなたは、こんなになってまで……

しばらくその傷跡を複雑な思いで見つめた後、私は全ての釦を留めてあげた。

「ぶにゃ？」

私を見上げた社長さんに「もう大丈夫だと思いますよ」と小声で返事をすると、彼は安心したのか、前足に顔をのせて目を閉じる。

ようやく落ち着いた——

それは短い間に起きた出来事だった。だけど、とても長い時間だったように思える。

すると頭の隅に追いやっていた疑問が再び湧いてきた。

ウィルフリートさんはおそらく、傷を癒やすためにずっと宮殿にいたんだろう。それなのに陛下は、彼のことを隠していた。

どうして陛下は、彼の存在を隠しているんだろう。どうしてウィルフリートさんは、あんな暗い隠し通路を歩かなければならなかったんだろう。そして明日の朝、彼がここにいることを皆にどう伝えればいいんだろう。

今度こそ、不義密通の疑いをかけられるかもしれない。自分の立場を考えれば、不審者がいると叫んで警備兵を呼ぶべきだ。なのに……どうしても呼べなかった。

私は立ち上がって居間に戻り、落ちていた剣を拾ってベッドの脇に置く。そして床に膝を突いてベッドに寄りかかり、彼の顔を覗き込んでみた。

ウィルフリートさんは呼吸を規則正しく繰り返している。私はその整った寝顔から目が離せなかった。離したら最後、彼が消えてしまう気がして。

……どうして、また私の前に現れたんですか？

人がせっかく全部忘れようとしているのに、これ以上、私の心の波を揺らさないで。

そう思うのに、訳の分からない色んな感情が、胸の内で波紋みたいに広がっていく。

彼は自分の命惜しさに、私に身を委ねただけだ。きっと目が覚めたらまたあの氷のように冷たい瞳で私を見て、容赦なく突き放すのだろう。

なのに、なぜこんなにも離れがたく思うのか。自分のこの不可解な感情をどうにか形にしようともがいてみる。すると、やがていくつかの言葉が浮かんできた。

放っておけない。

一人にさせたくない。

そばにいてあげたい。……せめて、心だけでも。

上下に動く胸を見て、彼が生きていることを実感する。それだけで、こんなにも嬉しくなる。

ウィルフリートさん、寝顔は少し幼くて可愛いんだな……

そんな風に思っていたら、私の瞼は次第に重くなっていった。


「……おい」

遠くで声がする。

うるさいですよ。もっと寝ていたいんですから、起こさないでください。

「おい、起きろ」

今度は肩を揺さぶられた。

もう、睡眠の邪魔をするのは誰ですか……としぶしぶ目を開けると、そこには端整な顔があった。

凛々しい眉と蒼い瞳、通った鼻筋、薄い唇。カーテンの隙間から差し込む朝日に照らされた彼の顔は、とても神々しい。

「お、おひゃようございます」

その顔を見た瞬間、私ははっきりと覚醒した。どうやらベッドにもたれたまま眠ってしまったみたいだ。

私が寝ぼけて噛んだことには一切触れず、ウィルフリートさんは一言「手を放せ」と告げた。

手を放せ？

視線を下げると、私の両手は彼の手をがっちりと握りしめていた。そのせいで彼は半身を起こしたものの、それ以上は動けなかったようだ。

「ご、ごめんなさい」

じゅるっ。ああっ、よだれが垂れている！

急いで彼から離した手で、口元を拭う。すると私の肩から、ばさりと何かが落ちた。

それはベッドにかけていたはずのマルチカバーだった。

誰がこれを？　と考えたけれど、その犯人は一人しか考えられない。……寝ている間に自分で手繰り寄せたんじゃなければ。

「……俺の剣は」

「あ、ここにあります」

横に置いていた剣を差し出すと、ウィルフリートさんは立ち上がり、それを素早く腰に提げた。

見た感じ、熱は完全に下がっているらしい。薬がちゃんと効いたことに、そして効きすぎなかったことに、私は心底ほっとした。あとは熱がぶり返さないことを祈るのみだ。

「それで？」

「……はい？」

質問の意図が分からず、私は彼の顔を見上げた。多分、馬鹿みたいに呆けた顔をしていたと思う。

「一体、いくら欲しいんだ」

……呆れた。この人は私がお金欲しさに看病したとでも思っているのだろうか。それとも諸々のことを黙っておけという口止め料を払うつもりなのだろうか。

どちらにしてもショックで、意地悪な気持ちがふつふつと湧いてくる。

「そうですね、百ロッシュくらいもらっておきましょうか」

ウィルフリートさんは無言で懐を探った。もしかして、言われるままお財布からお金を出そうとしている？

いやいや、真に受けないでくださいよ。その前に、そんな大金持ってないでしょう。十万円ですよ？　そんなに持ち歩いていたら不用心すぎます。

「冗談ですよ、お金なら持ってますから！」

私の人生でこんなセリフを言うことになるなんて、思いもしなかったなあ。

「では、なぜ」

「目の前で人が倒れたら、誰でも介抱するでしょう？」

ギクリとしつつも、そう嘘をつく。だって「あなたのことが好きで、心配だったから看病せずにはいられなかった」なんて、私の立場で言える？

ウィルフリートさんが真意を探るように凝視してきたので、私はそっと目を伏せた。

すると彼は興味を失った様子で身を翻し、さっさと歩き始めた。私はその後を慌てて追いかける。

居間の隠し扉に手をかけながら、ウィルフリートさんが振り返った。

「このことは誰にも言うな」

元より誰にも言うつもりはなかったし、むしろ言えなかったけど、私は黙って頷く。

「これから脱獄した人を追うんですか？」

「……ああ」

止めても無駄だろう。この人は、たとえまた高熱が出ても脱獄囚を追い続ける。そして悲しいことに、私にそれを止める権利はない。

だから、「くれぐれも気をつけてくださいね」とだけ伝えた。

するとウィルフリートさんは、なぜか扉から手を離してこちらに向き直り、私の顎をぐいっと上向かせた。そこに優しさは全くなかったけれど、私の心臓が跳ねる。

「な、何ですか？」

「……今日は、顔が前と同じだ」

「顔？　同じ？」

息がかかりそうなほど至近距離にある彼の唇を見て、頬が熱くなる。

昨日、私はこの唇に触れてしまったんだ。き、緊急事態だったからしょうがないんだけど。それについて何も言わないってことは、きっと覚えてないんだよね？　うーん、ほっとしたと言うか、残念と言うか、複雑な気分だ。

「あ……お化粧してないので、そのせいかと……」

そういえば、この人は私のすっぴんを見たことがあるんだった。

「しない方が、まだマシだな」

「えっ」

見ての通り、お化粧しないと薄いのっぺり顔なんですが。

褒めているようにも貶しているようにも取れる言葉を残し、ウィルフリートさんは今度こそ隠し扉の向こうへ消えた。


「アイーダ、もう起きていたの？　えらく早いのね」

隠し扉を閉めて飾り棚を元に戻していたら、あまり時間を置かずに侍女三人組が現れた。危なかった。もう少しでウィルフリートさんがいるのを見られるところだった。

「お、おはようございます。何だか早く目が覚めてしまって」

咄嗟に口をついて出た嘘に、彼女たちは特に疑問を持たなかったらしく、「昨夜寝るのが早かったものね」と納得してくれた。いや、実はあまり寝てないんですけどね。

ソフィアさんが床から火かき棒を拾い上げ、不思議そうな顔をして言う。

「あら？　どうしてこんなところに火かき棒が落ちているのかしら？」

「だ、暖炉の火を起こしておこうと思って、おお、落としてしまいましたごめんなさい」

想定外の質問だったので、ひどく動揺してしまう。

ああ、私って嘘をつくのに向いてないみたい。将来浮気したら、すぐにバレてしまいそうだ。っていうか、今まさに浮気の証拠を突きつけられているようなものだけど。

そう思うと、背中を冷たい汗が流れた。

「すぐに朝食の準備をするわね。その間に衣装を用意しておくから」

私はまだネグリジェのままだった。本来なら着替えてから朝ご飯というのが正しい手順なんだけど、たまにネグリジェのまま朝食を取ることもあるので、その点について咎められることはない。

私が外でかなり苦労してお行儀良くしているのを知っているアスティさんは、自室にいる時は比較的自由にさせてくれるのだ。

「どうしたの？　さっきからずっと唇を触っているけど」

着席して朝食の準備ができるのをぼんやり待っていると、ソフィアさんにそう指摘された。言われて初めて自分が唇を触っていることに気付き、慌ててその手を離す。

「乾燥したのなら蜂蜜塗る～？」

「あ、いや、大丈夫です」

乾燥していたから触っていた訳じゃない。薬を飲ませるためとはいえ、この唇があの人の唇に触れてしまったんだ……と無意識に思いを馳せていたのだ。

私って、結構いやらしいのかもしれない。

準備が整った朝食を食べ始めたら、アスティさんが話しかけてきた。

「今日のアイーダは、何か挙動不審ね」

「そそ、そんなことないですよ？」

動揺しながら口の中に放り込んだものが喉に詰まり、私はごほごほと咽る。するとアスティさんが眉を寄せて覗き込んできた。

詰まっていたものを飲み物でどうにか流し込み、「何か？」と言わんばかりにアスティさんの目を真っ直ぐ見つめると、「何でもないわ」と目を逸らされる。

やった、勝った。この無表情も、こんな時くらいは役に立ってもらわなきゃね。

「うわっ、アイーダさん、寝汗すごいですね～」

寝室の方から聞こえたエルさんの声に、私の心臓はまた跳ね上がった。

「ああ、ちょっと着込みすぎちゃいまして。ね、寝る時は寒かったんですけど……」

一度嘘をつくと、それに信憑性を持たせるため、更に嘘を重ねなければならない。辛い。非常に辛い。

寝汗がひどかったと聞いて、ソフィアさんが心配そうな表情をする。ああ、心苦しい。

「今日は午後にベネトリージュ様がいらっしゃる予定だけど、延期していただく？」

「あ、大丈夫ですよ！　元気です！」

その言葉を裏付けるため、私は力こぶを作ってみせた。そして食べたんだか食べてないんだか碌に覚えていない朝ご飯を終えると、いつものように侍女服への着替えを手伝ってもらう。

「あら？」

ソフィアさんが私のネグリジェを脱がしながら、大きな声を出した。

こ、今度は何ですか？

「ネグリジェは全然汗で湿ってないのね～。乾いたのかしら？」

もー嫌、誰か助けて……！

私は早々に仕事場へと逃げ出すことにした。

画廊へ向かい、一人きりになったところで、ようやく人心地つく。

静謐な雰囲気のその場所は、まるで外界から切り離されたかのような気分にさせてくれる。

いつも通り端から清掃を始めて反対側の端に行き着いた時、目線は自然に壁へと向かった。

この壁の向こうにも、隠し通路があるのだろうか。

そう考えると、誰かが壁の向こうから私を見ているんじゃないかと不安になり、思わず大げさな動きで「ちゃんと仕事してますよアピール」をしてしまうのだった。


部屋に戻り、侍女服から昼用のドレスに着替える。そして宮殿内にある応接間へ移動すると、シグルトさんはすでに来ていた。室内には警備兵さんを始め、たくさんの人が控えている。

側妃は王様と王妃様に続いて位が高いので、いくらシグルトさんが相手といえども、私の方が上座につくことになってしまう。心苦しく思いながらも椅子に座り、遅れたことのお詫びを言った。

「お待たせして申し訳ございません」

「いえ。黒妃様におかれましては、今日もご機嫌麗しく……」

「お待ちください、ベネトリージュ様」

私はそう言って合図を出し、人払いをした。残ったのは気心の知れた人たちばかりだ。これでシグルトさんと堅苦しい言葉遣いで会話をしなくて済む。

「シグルトさん、お久しぶりですね」

「ああ、ようやく面会の許可が下りてな。会いたかったぞ、アイーダ」

手紙のやりとりはしていたけれど、やはり実際に会うのとでは全く違う。にっこり笑うシグルトさんは元気そうで、私はとても安心した。

その後、お互いの近況報告や天候の話などをしていたら、シグルトさんが目に見えてもじもじし始めた。

「どうしたんですか？　シグルトさん」

トイレだろうか？　だったら私に遠慮せず行ってきたらいいのに。

そう思って尋ねてみると、シグルトさんは全く違うことを言い出した。

「た、体調はどうだろう、アイーダ」

「体調、ですか？」

見れば元気だって分かるはずなのに、どうしてそんなことをわざわざ聞くんだろう。私は首を傾げる。

「えーと、その、気分が悪いとか」

「いえ、全く。元気ですけど」

だけど、それはシグルトさんの望んでいた答えではなかったようだ。

何と言ったらいいものかと逡巡(しゅんじゅん)していると、彼の方が先に口を開く。

「な、何かすっぱいものが食べたくなるとか……」

「はあ。すっぱいものも甘いものも何でも美味(おい)しくいただいてますが」

好き嫌いはしちゃいかん、と言いたいのだろうか。私は特に好き嫌いがないので、出されたものは量が多すぎない限り、全部いただくようにしている。食べられるだけで幸せ、残すなんてもったいない、そういうスタンスだ。

すると近くに控えていたアスティさんが、すすすと近寄ってきた。そして耳打ちしてくれる。

「ベネトリージュ様は、ご懐妊の兆(きざ)しはないのか、とお尋ねでいらっしゃいます」

ゴカイニン？

漢字が思い浮かばず、しばらくカタカナ五文字を頭の中で躍(おど)らせた後、ようやく〝ご懐妊〟という漢字に変換する。

「ああ、なるほど……」

私がぽん、と手を打つと、シグルトさんの頬が赤く染まった。

「すみません、シグルトさん。私はまだ妊娠していないんです」

「そ、そうか。アイーダが寵妃(ちょうひ)となって大分経つのでな、そろそろ……と。い、いや、決して急(せ)かしておるのではないぞっ？」

シグルトさんは慌てた様子で両手を左右に振った。まるで午前中の私のように、どもっている。

「頑張っているんですが、こればっかりはなかなか……」

さすがにまだ何もしていないとは言えず、前向きな意思があることを強調してみた。

「う、うむ。そうであろうな。そういったものは授かりものであるからして……」

シグルトさんはもう汗だくだ。顔が赤くなったり青くなったり、何だか信号みたいで少し面白い。

もちろん嘘を言っていることへの罪悪感はある。でも、それもこれも陽の陛下が悪いのだ。

王妃様に会うことを禁じられているなら、夜這いでも何でもして、さっさとお世継ぎを作ってしまえばいいのに。私の部屋に来ておしゃべりをしたり、社長さんと戯れたりしている場合じゃないですよ。

拳を握りしめながら「頑張ります」と言うと、シグルトさんは「そ、それは頼もしい」と何度も頷き、逃げるように帰っていった。

その後ろ姿に向かって、私は心の中で謝る。なぜなら私が陛下の子を妊娠することは、未来永劫ありえないのだから。


シグルトさんの面会から三日後の夜。

お風呂上がりに髪の手入れをしてもらっていると、何やら廊下が騒がしい。何だろうと思った途端、扉がバタンと勢いよく開いた。

先触れのない訪問は、陰の陛下に違いなかった。陽の陛下なら前日かその日の朝、もしくは数時間前までに必ず連絡を寄越すはずだ。

一体何をしにきたのか、全く見当がつかなかった。私の部屋に陰の陛下が来ることは、もう二度とないだろうと思っていたのに。

侍女三人組もすぐに陰の陛下の方だと気付いたようで、思案顔をしながらも姿勢を正し、部屋の隅へと下がる。本来なら色々とお世話をするべき場面だけど、陰の陛下はそれをひどく嫌がるからだ。

「お久しぶりですね」

事実、長い間こっちの人格の陛下とは会っていなかったので、そう言った。けれど、それを嫌味に取られたのか、陛下の威圧感がぐっと増す。

だけど彼は何も言わず、手を横に払って「下がれ」という合図を出した。それを見たアスティさんたちが、静かに退室する。

「酒を」

「はい」

私はお酒とグラスを素早く用意し、陛下にお酌をする。陛下はすぐにそれを飲み干したので、またグラスにお酒を注ぐと、「お前も飲むか」と言われた。

前はずっと一人で飲み続けていたのに、どういう風の吹き回しだろう。何かいいことでもあったんだろうか。

「……では、少しいただきます」

私は側妃行列の前夜に酔っ払って以来、お酒を控えている。目の前にあるお酒もアルコール度数が高そうなので、正直あまり飲みたくない。

だけど陛下の誘いは断れないので、申し訳程度に付き合うことにした。グラスをもう一つ用意して手酌でお酒を注ごうとすると、陛下が私の手から酒瓶を奪い、そのグラスに並々とお酒を注ぐ。恐る恐る口をつけたら、舌が痺れるような感覚と共に、鼻がツーンとした。思った以上にアルコール度数が高いみたいだ。

これをぐいぐい飲めるなんて、陛下は本当にお酒が強いんだなあ、と変なところに感心してしまう。私があんな飲み方をすればすぐに卒倒するか、呂律が回らなくなるに違いない。

私がちびちびと飲んでいる間に、陛下は手酌で次々とグラスを空け、ついには酒瓶の中身を全て飲み干してしまった。

ベッドへ向かう頃にはお酒が全身に回り、私はほわほわしていた。雲の上にいる気分とは、よく言ったものだ。

陰の陛下は以前と同じく、頃合いを見てここから脱出するのかと思っていた。けれど、いつまで経ってもそんな素振りはない。

も、もしかして一緒に寝なきゃいけないのかな。どんな拷問なの、それ……

想像するだけで、一気に酔いが醒めそうだ。

陛下はベッドの上に寝そべる社長さんに視線を向けた。けれど特に何も言わず、そのまま陽の陛下の定位置に寝転ぶ。

その行動を見て、今日だけは絶対にいびきをかいたり、寝相が悪すぎて陛下にパンチしたりしないようにしよう……と私は思った。

実は陽の陛下には、何度かパンチを喰らわせてしまったことがあるのだ。彼は笑って許してくれたけれど、陰の陛下は絶対に許してくれないだろう。

びくびくしながらベッドの反対側からそっと上がり、アイマスクを手に取る。

「……それは?」

アイマスクを見て、陛下が訝しげにしている。

そうか、陰の陛下はこのアイマスクのことを知らないんだ。

私は「いちいち面倒だな」と思いながらも、簡潔に説明する。

「陛下が寝る時、仮面を外していただけるように、私はこれで目隠しするんです」

「……」

陛下が何も言わなかったので、私は寝ることにした。

「それでは、お休みなさい」

横になってアイマスクをつけようとした瞬間、私の視界が反転する。

陛下が私の腕を引っ張ったのだ。そればかりか、いつの間にか私の上にいて、こちらを見下ろしていた。

しばらくこの状況の意味を考えてみる。分からなかったので、もう少し考えてみる。……が、一向に分からなかった。

「……女は間に合っているのでは?」

「気が変わった」

「え？」

「重臣らが、そろそろ……と騒ぐのでな。あいつらの口を封じるためにも、一人くらい産んでもらおうか」

そう言うと、陛下は私に覆(おお)いかぶさってきた。

ぎし、とベッドが軋(きし)み、視界が暗くなる。

冷たく光る銀の仮面。それよりもなお冷たい視線が、私を射抜く。その目はこれから起こるであろう出来事を、そしてそれがお互いにとって決して喜ばしくない出来事であろうことを予感させた。

こうなることは、側妃になろうと決意した時から覚悟していた。そもそも王妃様にお世継(よつ)ぎを代わりに産んで欲しいと言われて、承諾(しょうだく)したのは私自身だ。

王妃としての責任と女性としての感情の間で揺れ動く、王妃様の瞳。シグルトさんや周囲の人々から向けられる、期待に満ちた表情。色んな人の顔が頭の中をぐるぐると駆け巡る。

――いつかこんな日が来るって、分かっていたんだから。

好きな人じゃなければ、相手は誰だって同じだ。むしろ好きな人が相手じゃなくてよかったとさえ思う。もし、相手があの人……ウィルフリートさんだったりしたら、私は恥ずかしくて死んでしまう。

私は覚悟を決めて目を閉じた。視界が真っ暗になり、瞼(まぶた)の裏にあの人の顔が浮かぶ。

そして溢れ出す、記憶の欠片(かけら)たち。星見亭で初めて会った日のこと。夜中に血だらけで現れ、その服を洗ってあげたこと。街で偶然見かけて追いかけてしまったこと。王宮で彼に会い、それを誰にも言えなかったこと。仮面舞踏会で美しい女性と踊る彼を見て、胸が痛んだこと。彼の血を見て、気絶してしまったこと。そして先日、このベッドで彼が熱にうなされていたことを。

いつも暗く沈んでいるのに、どこまでも蒼くて綺麗な瞳が、私を捕らえて離さない。

——お前は、それでいいのか？

そう問いかけているみたいに。まるで、他の人に身を任せようとする私を責めているみたいに。

もちろん、そんなのは私の自分勝手な妄想だと分かっている。だから、その眼差しから無理やり目を逸らした。

消えて、お願いだから。どうか私の決心を揺るがさないで。

陛下が顔を近付け、私のネグリジェに手をかけた。そのせいで、否が応でも現実に引き戻されてしまう。そして、彼が私の首筋に顔を埋めようとした瞬間——私の口から勝手に言葉が飛び出していた。

「いやっ……！」

その声と同時に、陛下の胸を両手で突き離してしまったのだ。私は驚き、自分の手を信じられない思いで見つめてから、恐る恐る陛下を見る。

「……我を拒むか」

「も、申し訳ございません……でも、私には……」

できません、とまで言うことはできなかった。だけど、言わなくても十分相手に伝わっているのが、はっきりと分かった。

そんな私を、陛下は剣で斬るのだろうか。それとも強引に行為を続行するのだろうか。陛下の行動が予測できなくて、私の全身が粟立つ。

「前回は人形のようでつまらぬと思ったが……どういう心境の変化だ？」

「……申し訳ございません……」

私は身を起こすと、正座して頭を下げた。その振動でベッドが弾む。

「今更何を言う。お前は欲に目がくらみ、側妃の権力欲しさにここまで来たのだろう？」

「……」

私は何も言えなかった。陛下の言う通りだったからだ。

厳密に言えば、私が欲しかったのは毎日入れるお風呂で、決して側妃の地位や名誉が目的だった訳じゃない。だけど結果的には何ら変わりはない。陛下のために、この国のために。そんな気持ちなど、私の中にはこれっぽっちも存在してなかったのだから。

そうか、陰の陛下が私を遠ざけていたのは、そういう理由だったのか——とようやく納得した。この人は平民から側妃に成り上がった私を、最初から疎ましく思っていたんだ。

陛下の「今更」という言葉もその通りだと思った。陛下は私に何不自由ない快適な生活を送らせてくれているのに、そしてその見返りを求めただけなのに、彼を拒否するなんて。こんな身勝手な女、私が陛下の立場だったとしても怒りを覚えるに違いない。

私は側妃だ。ただ、お世継ぎとなる子供を産むためだけに存在する。そしてお世継ぎを産まなければ、その地位に留まることすら許されない存在なんだ。

その考えに行き着くと、私の身体から力が抜けた。感じたのは、考えの足りない自分に対する恥ずかしさと、どうしようもないほどの情けなさ。

「抵抗をやめたか。それが賢明だな」

その方が、これからすることが痛くない？　それとも、陛下にとって面倒がない？

陛下の言葉の続きを予想して、そんな自分を馬鹿だなと思った。

そして陛下が再び近付いてくるのを、ぼんやりと見つめる。これから始まるのは何の感情も介さない、義務としての行為。それでいいと思っていた。……以前の私は。

それなのに、何でこんな気持ちになっているのだろう。何でこんなに、悲しくて虚しいのだろう。

「ここに来てまだ日が浅いというのに、もう愛人でも作ったか」

「え……？」

「相手はどこの子息だ？　それともあの料理人か」

「ちがっ、ジェイクさんとは何でもありません……！」

思わず叫んでしまった。どうして陛下がジェイクさんとのことを？

「我が知らぬとでも思ったか」

陛下が嘲るように笑う。彼の目に、私は私利私欲のため側妃になった上、早速他の男と浮気する汚れた女として映っているのだろうか。

違うのに。私とジェイクさんは、何でもないのに。

そう言っても、きっと陛下は信じない。私たちの仲を疑われたことよりも、ジェイクさんの想いを汚されたことの方が悲しかった。

「相手が誰であろうが、最早どうでも良い。目をつぶって、我をその愛しい男だと思え」

「そんなこと……」

できるはずがない。その言葉を最後まで言うことはできなかった。

陛下が再び私に覆いかぶさり、動かなくなった私のネグリジェを脱がせる。その手が下着に伸び、私が現実から目を背けるように瞼を固く閉じた時——

ぽとり、と何かが落ちる音がした。そしてほぼ同時に感じたのは、肌寒さ。

何だろうと思って、視線だけを下に向ける。それが何か分かった時、私はびしりと音がしそうなほど固まった。

「……」

「……」

部屋の中を沈黙が支配する。私たち二人の視線はある一点に集中していた。

長すぎる沈黙を先に破ったのは、陛下の方だった。

「……一応聞くが、これは？」

「……タオルですね」

他に答えようがなく、私はただ事実だけを述べた。

ベッドの上に転がったのは、胸の大きさをごまかすために詰めていた、ハンドタオルだった。

陛下が来ない日でも、お風呂から上がるとコレを身に着けるのが、すでに習慣になっている。最近では防寒にも一役買ってくれる、優れものだった。

笑うなら、いっそ笑ってください。ここは完全に笑うところですよ。ほら、ほら！

そんな願いも虚しく、陛下はニコリともしなかった。

「……」

「……」

「ぐにゃぁあ～」

再び訪れた沈黙の中、まるで「呆れた」とでも言うように社長さんが鳴く。彼は今、私と陛下にベッドを占領され、仕方なしに陛下の枕の上を陣取っていた。

すると、私に圧し掛かっていた重みが消えた。視線を元に戻すと、陛下が身を起こしている。彼は社長さんの首根っこを掴み、私の方へ無造作に放り投げた。

社長さんは軽やかにとまでは言わないけれど、ちゃんと足から着地する。

「へ、陛下？」

恐る恐る呼びかけると、陛下はベッドの空いた部分にどさりと身体を横たえた。

「……気が削がれた」

「も、申し訳ございません。こうでもしないと側妃になれないと思いまして……」

「もう良い、それ以上何も言うな」

そう恐ろしく低い声で言い、陛下は向こうを向いてしまった。

どうしよう、陛下を怒らせてしまったんだ……！

巨乳だと思っていた相手が貧乳だと判明したのだから、怒るのも当然だ。

やっぱり私みたいなぺったんこ相手じゃ、そんな気も起こりませんよね……

どうしよう、せっかく覚悟が固まりそうだったのに、まさかこんな展開になるなんて。

ここは自分から誘うべきなんだろうか。それとも、大人しく黙っていた方がいいんだろうか。

「……」

「……」

まるで我慢大会でもしているみたいに、お互いが一言も口にしない状況が続く。

非常に気まずい。気まずいんだけど、瞼が段々重くなる。

いや、寝ちゃダメだ。まだ話は終わってないし、陛下より先に寝るなんて無礼は許されない。ましてや相手は陽の陛下ではなく、陰の陛下なのだ。

そう思うのに、瞼はちっとも言うことを聞いてくれなかった。

でも、これは仕方ないと思う。だって今日は朝早くから働き、お茶会に出席し、陛下の相手までしたのだから。

とうとう私は目を完全に閉じてしまった。まだ眠ってはいないものの、自分の呼吸が寝息に近付いていくのが分かる。

すると陛下が寝返りを打ち、こちらを覗き込む気配がした。

「……まさか、この状況で眠ったのではあるまいな？」

眠ってなんかいません、ただ目を閉じているだけです。……嘘です、ごめんなさい。眠るのも時間の問題みたいです。

どうやら陛下は私が完全に寝てしまったと思っているらしい。

「我より先に寝るとは。剛胆(ごうたん)と言うか、何と言うか……。市井(しせい)の女は皆こうなのか、それともこの女が特別なのか……」

陛下はそう呟いて、懐(ふところ)からごそごそと何かを取り出した――気がした。気がしたというのは、その頃の私はすでに眠りに落ちる寸前だったからだ。

夢うつつで、社長さんの鳴き声と陛下の溜め息を聞いた。


そして完全に眠りに落ちた私は、夢を見た。私は幽体離脱してしまったみたいに、ふわふわと宙を漂(ただよ)っている。

青々とした草原、抜けるように青い空。山の稜線(りょうせん)がどこまでも続き、朝日が大地を眩(まぶ)しく照らす。陛下が幼い頃に住んでいた土地はこんなところだったのだろうかと、ふと思った。

そこになぜか、たくさんの洗面台がずらーっと並んでいる。鏡などは付いておらず、白い陶器だけが、地面から一定の高さのところに浮いているのだ。

その洗面台の前にはたくさんの人が立っていて、よく見ると全員が私の知っている人だった。

向かって左側には日本にいた時の知り合いが並んでいる。昔のクラスメイト、沢口(さわぐち)クリーンサービス事務所の所長さん、コンビニで賞味期限切れのお弁当をこっそりくれたお兄さん。死んだはずの両親や親戚一家もいた。

そして右側にはこの世界で出会った人が並んでいる。星見亭のベリンダさんとホルスさんとナタリシアさん。女中時代の仲間たちに、ジェイクさんとリジィさん。陸下と王妃様、サラージアさんとフィンディさん。侍女三人組と、シグルトさん。更に、たくさんの貴族さんたち。仮面舞踏会で出会った人たちは、何と仮面を被ったままである。

皆の視線の先には「私」がいた。彼らの間を縫うように歩いていくその姿は、試験中の教師さながらだ。

『はい。じゃあ、まずは手洗いから始めてくださーい！』

私は口元に両手を当て、皆に大声で指示を出している。どうやら手洗いの講習会を開いているらしい。

『石鹸はよく泡立てて、爪の中や指と指の間もしっかり洗ってくださいねー！』

皆が私の指示通りに手を洗い始める。宙に浮いている私は、皆には見えないみたいだ。それをいいことに、私は近くまで下りていき、皆の様子を見物し始める。

『はい、じゃあ次はうがいでーす。水を口に含んだら、顔を上に向けてガラガラしてからペッと吐いてくださーい！』

私の号令に従い、皆が一斉に喉をガラガラと鳴らしている。そんな彼らを見て、講師の私は腕組みをして何度も頷いていた。もし表情が豊かだったなら、きっと満足げに笑っていることだろう。

『最後は歯磨きです！　歯ブラシは羽根ペンを持つみたいに軽く握って小刻みに動かしてくださいね。あんまりゴシゴシすると歯茎から血が出ちゃいますから』

ふと見れば、洗面台がずらりと並ぶ中に、ぽっかりと空いた箇所がある。どうして誰もいないんだろうと思ってひょいと覗くと、でっぷりとした白い塊があった。社長さんだ。

それを確認した瞬間、私は叫び声を上げていた。

「しゃ、社長さんが二本足で立ってる！」

そう、何と社長さんは後ろ足で仁王立ちし、腰に手を当てて歯を磨いていたのだ。よく見れば洗面台も、彼のサイズに合わせた小さいものがちゃんとある。出っ張ったお腹が、その洗面台に当たって揺れていた。

社長さんは誰にも見えないはずの私を見上げ、細い目でキッと睨む。

『何を言っているんだ。俺様は最初からこうして立っていたじゃないか』

「しゃ、社長さんがしゃべってる!?」

私は社長さんが私の存在に気付いたことよりも、口をきいたことに驚いた。

彼は歯ブラシを持ったまま肩を竦めて『やれやれ』と、手――いや、前足を横に広げてみせる。

それにしても、どうやって歯ブラシを掴んでいるのか謎だ。

社長さんの奥には、銀髪の男性が立っていた。いつの間にか私の心の奥深くにしっかりと住み着いてしまった人。思わずその名が口を衝いて出る。

「ウィルフリートさん……」

私の呼びかけに、ウィルフリートさんも反応してくれた。蒼い瞳がしっかりと私を見据える。

『お前の信じる道。これから進むべき道は、見つかったか？』

「――はい。ようやく見つけました。もう迷いません」

私はウィルフリートさんに向かって、しっかりと頷いた。

側妃になって、もうすぐ一ヶ月半。私がこの世界に来て、約五ヶ月が経過した。

最初はどうなることかと思ったけど、他の側妃さんたちとも仲良くなれたし、側妃としての地位も盤石（ばんじゃく）なものにすることができた。

何となくだけど、これからも頑張っていけそうな気がする。この調子でいけば、この世界に手洗いうがいや、お風呂の文化を浸透させられる日も近いかも？

そんな楽観的な考えに至った私は、再び浮上する。そして夢の中でも上機嫌で掃除を始めた自分自身を、微笑ましい気持ちで見つめていた。

このコンビニ、普通じゃない!?

異世界コンビニ

Convenience Store Fanfare Mart Purunascia

榎木ユウ
Yu Enoki

コンビニごとトリップしたら、一体どうなる!?

大学時代から近所のコンビニで働き続ける、23歳の藤森奏楽(ソラ)。今日も元気にお仕事——のはずが、何と異世界の店舗に異動になってしまった! 元のコンビニに戻りたいと店長に訴えるが、勤務形態が変わらないのに時給が高くなると知り、奏楽はとりあえず働き続けることに。そんなコンビニにやって来る客は、王子や姫、騎士など、ファンタジーの王道キャラたちばかり。次第に彼らと仲良くなっていくが、勇者がやって来たことで、状況が変わり……

◉定価：本体1200円＋税 ◉ISBN978-4-434-20199-8 ◉illustration：chimaki

漆黒鴉学園 1〜3

JET-BLACK CROW HIGH SCHOOL

望月べに
Beni Mochizuki

いくらイケメンでも、モンスターとの恋愛フラグは、お断りです！

高校の入学式、音恋は突然、自分がとある乙女ゲームの世界に脇役として生まれ変わっていることに気が付いてしまった。『漆黒鴉学園』を舞台に禁断の恋を描いた乙女ゲーム……
何が禁断かというと、ゲームヒロインの攻略相手がモンスターなのである。とはいえ、脇役には禁断の恋もモンスターも関係ない。リアルゲームは舞台の隅から傍観し、今まで通り平穏な学園生活を送るはずが……何故か脇役（じぶん）の周りで記憶にないイベントが続出し、まさかの恋愛フラグに発展？

各定価：本体1200円+税　illustration:U子王子（1巻）／はたけみち（2・3巻）

雪永真希（ゆきなが まき）
大分県出身、長崎県在住。2012 年より執筆活動を開始。2014 年に「側妃志願！」で出版デビューに至る。趣味は読書と旅行、そして猫。

イラスト：吉良悠
http://rabbit.holy.jp/

本書は「小説家になろう」（http://syosetu.com/）に掲載されていた作品を、
改稿のうえ書籍化したものです。

側妃志願！ 2（そくひしがん！ 2）

雪永真希（ゆきなが まき）

2015年 2月 6日初版発行

編集－及川あゆみ・羽藤瞳
編集長－塙綾子
発行者－梶本雄介
発行所－株式会社アルファポリス
〒150-6005東京都渋谷区恵比寿4-20-3 恵比寿ｶﾞｰﾃﾞﾝﾌﾟﾚｲｽﾀﾜｰ5F
TEL 03-6277-1601（営業） 03-6277-1602（編集）
URL http://www.alphapolis.co.jp/
発売元－株式会社星雲社
〒112-0012東京都文京区大塚3-21-10
TEL 03-3947-1021
装丁・本文イラスト－吉良悠
装丁デザイン－ansyyqdesign
印刷－大日本印刷株式会社

価格はカバーに表示されてあります。
落丁乱丁の場合はアルファポリスまでご連絡ください。
送料は小社負担でお取り替えします。

ISBN978-4-434-20196-7 C0093